LE CHATEAU

DE

SAINT-GERMAIN.

—

TOME SECOND.

—

SECONDE ÉDITION.

PARIS. — IMPRIMERIE DE CASIMIR.
Rue de la Vieille-Monnaie, n° 12.

LE CHATEAU

DE

S.ᵗ-GERMAIN

PAR H. ARNAUD

(Mᵐᵉ CHARLES REYBAUD).

TOME SECOND.

SECONDE ÉDITION.

A PARIS,

CHEZ LADVOCAT, LIBRAIRE

DE S. A. R. LE DUC D'ORLÉANS,

RUE DE CHABANNAIS, 2.

M DCCC XXXVII.

LIVRE SIXIÈME.

REINE ET CARDINAL.

I.

Le lendemain, Laure était étendue sur la chaise longue; Christine jouait à ses pieds. La Carducha, debout à son côté, semblait en proie à une muette indignation. Son âme espagnole avait frémi au récit de ce qui s'était passé la veille à cette même place; toute pleine d'énergie, de passion, de volonté, elle ne comprenait pas la douleur résignée de Laure.

— La Carducha, dit la jeune femme, en se soulevant tout-à-coup et en portant une main à son front, comme frappée d'un souvenir subit, dis-moi, que signifient ces paroles :

Admito vuestros servicios; aqui nos volveremos á ver?

— Elles signifient : J'accepte vos services; nous nous reverrons ici.

—Ah! s'écria Laure, en pressant son front de ses mains jointes , c'est ce qu'elle lui a dit en partant! c'était la promesse de revenir!... et alors il a baisé la main qu'elle lui donnait.

— L'infâme! murmura la Bohémienne.

— Ma bonne Carducha, dit Christine en jetant ses joujoux, il fait soleil, je voudrais bien aller jouer dans le jardin!

—Toute seule!

—Oh! je serai bien sage et je n'irai pas vers la grille.

— Laisse-la aller, dit Laure en se soulevant sur le coude pour embrasser sa fille.

Ses longs cheveux détachés retombèrent comme un réseau d'or autour de l'enfant qui les écarta en riant.

—Dors, mère, dit-elle, dors pour n'être plus malade; tu es blanche comme la bonne Vierge que j'ai vue ce matin dans l'église.

Elle s'en alla en courant au jardin ; la Carducha ouvrit la fenêtre pour surveiller ses jeux.

— Tu as été à la messe ce matin ? dit Laure; ah ! je voudrais bien prier dans une église, moi aussi !

— Ce matin, avant de monter dans le carrosse qui nous a ramenées ici, je suis entrée à Saint-Germain-l'Auxerrois. Vous dirai-je une chose qui me préoccupe depuis ce moment?... En passant devant le Louvre, j'ai fait une rencontre, une étrange rencontre....

— Quelqu'un que nous avons connu autrefois? interrompit Laure en pâlissant.

— Oui, madame.

— Ah!... le comte de Bormes peut-être?...

— Il est vrai, lui-même....

Laure retomba sur les coussins : ce nom venait de lui rappeler de profonds et terribles souvenirs.

— Mais lui ne t'a pas reconnue, il ne t'a pas vue? reprit-elle avec épouvante.

— Il s'est arrêté quand nous nous sommes

si inopinément rencontrés; j'ai baissé la tête, et j'ai passé en emmenant Christine que chacun regardait. J'avais un mortel effroi, et j'ai gagné l'église presque sans savoir ce que je faisais; quand je me suis retournée, je n'ai plus vu monsieur de Bormes. Un quart d'heure après je suis partie. Tout le long de la route j'ai regardé de temps en temps à la portière si personne ne venait derrière nous; il y avait un homme à cheval, un homme que je ne connais pas; il était toujours à vingt pas du carrosse : peut-être ceci a-t-il été un pur hasard.

En toute autre circonstance, Laure eût été préoccupée d'une horrible inquiétude; mais elle avait au cœur une souffrance qui la rendait insensible à tout. Elle laissa retomber sa tête sur les coussins et ferma les yeux comme pour fuir la vue de ce qui l'environnait et la lumière du jour.

Plusieurs heures se passèrent dans cette morne douleur, dans cet anéantissement moral qui est comme une léthargie de l'âme, pendant laquelle les sens conservent toutes leurs facultés de perception. Tout-à-coup une voix qui parlait dans le jardin fit tressaillir la Carducha ; elle s'élança vers la porte, Laure se leva sur son séant en poussant un cri étouffé ; mais il n'était plus temps de fuir, de se cacher ; le comte de Bormes entrait tenant Christine par la main.

Il y eut un moment d'effroi, de stupéfaction profonde : le comte, pâle, l'œil hagard, les mains levées au ciel, semblait épouvanté par l'aspect d'un fantôme ; Laure, la honte et la terreur au front, était retombée sur les coussins.

La première pensée du comte fut qu'un crime avait été commis sur la personne de mademoiselle de Novès, et que, selon les détestables habitudes des gens de sa caste, la Bohémienne y avait trempé.

— Malheureuse ! s'écria-t-il en allant vers la Carducha, il faut me confesser toute la vérité. Mademoiselle de Novès !... noyée dans la Sorgue !... Ce n'est pas elle !... Ou bien !...

— Oui, c'est moi, dit Laure en se levant plus blême et défaite qu'une morte qui sortirait de son cercueil, c'est moi; que me voulez-vous, monsieur de Bormes?

A cette voix, un frisson le saisit, il eut comme un froid dans les veines, ses cheveux se dressaient sur son front, il avait peur. Son imagination frappée lui retraça ces histoires de revenans, d'âmes en peine errantes sur la terre pour demander des prières, et il fit machinalement le signe de la croix.

Christine, en voyant cet étranger fixer sur elle des yeux égarés et sa mère toute pâle et tremblante devant lui, se prit à pleurer en disant : —Ma bonne Carducha, renvoie-le, il me fait peur!...

Alors, le comte revint un peu à lui; il se laissa aller sur un siége et dit d'une voix mal articulée : — Cette enfant?

— Elle est à moi, répondit Laure.

Il y eut encore un long silence pendant lequel monsieur de Bormes tâcha de se rendre maître de ses émotions; puis il dit : — Ce que je

vois est bien réel et véritable; vous vivez!...
Mais comment?... pourquoi ici?... Comment
y êtes-vous venue? Et cette enfant?... Vous
êtes donc mariée?

— Non! répondit Laure en se jetant brusquement aux genoux du comte, vous voyez
une malheureuse, une fille perdue, déshonorée, qui a fui pour cacher sa honte! Dieu me
punit! Il m'a rendu la plus misérable des créatures!... Mon châtiment a dès long-temps
commencé! Il n'aurait pas été complet si vous
n'eussiez su mon crime et mon humiliation....

Le comte la releva; il était aussi pâle et tremblant, et son regard irrité mesurait la Carducha, qui, l'air triste et calme, attendait que
cette étrange situation s'expliquât.

— Je reconnais bien aussi cette femme! s'é-
cria-t-il; la misérable! elle s'est emparée de
vous!... elle vous a perdue!

— Elle m'a consolée dans mon malheur et
mon abjection, dit Laure en tournant lentement la tête vers la Bohémienne; sans elle je
serais morte! Hélas! plût à Dieu!... Oh! si

vous saviez tout, vous auriez encore pitié de moi, monsieur de Bormes!

Il se leva et dit avec un sombre ressentiment : — L'Italien! Giulio de Mazara !...

— Il m'a déshonorée, et il aime à présent une autre femme!... murmura Laure d'une voix sourde ; il me quitte pour elle....

Le comte sourit amèrement : — Traître et lâche, fit-il, oh! je le connais bien : mais j'irai le trouver, cet homme, et il faudra qu'il vous épouse ; il le faudra, sinon!... Maintenant vous avez un appui, un protecteur....

— Oh! mon Dieu! je ne méritais pas tant de générosité et de compassion ! s'écria Laure. Et ses larmes long-temps arrêtées coulèrent sur ses joues si blanches qu'on eût dit une figure d'albâtre.

— Maintenant, il faut tout me dire, reprit le comte en la faisant asseoir près de lui; ensuite nous aviserons ensemble aux moyens de réparer votre malheur. Courage! car il y a remède à tout, hormis à la mort.

Laure essaya de raconter l'étrange et terri-

ble histoire de sa vie depuis trois ans : mais
les forces lui manquaient, son esprit troublé
ne se retraçait le passé que d'une manière incomplète et confuse ; elle était brisée corps et
âme, et elle ne pouvait que pleurer en répétant :
Mon Dieu ! quel châtiment ! quelle pénitence
de mes fautes !...

Ce fut la Carducha qui acheva ce récit vingt
fois interrompu : — Quand nous arrivâmes à
Paris, dit-elle, j'avais un nom, une adresse ;
j'allai dans une rue, aux environs du Louvre,
demander Giulio de Mazara. La maison où je
croyais le rencontrer avait un air singulier : on
y voyait de beaux appartemens, des meubles,
c'était des tentures de prix et point de domestiques ; une si grande solitude partout, qu'on
eût dit que personne n'y demeurait. J'y trouvai pourtant une dame assez jeune et agréable,
qui parut fort étonnée quand je dis quelle personne je venais demander chez elle. Sans vouloir autrement me répondre, elle me dit de
revenir le lendemain. Je m'en allai sans autre
renseignement.

Le lendemain je trouvai dans cette maison
le seigneur Giulio de Mazara lui-même. Oh!
moi aussi je crus alors que tout serait réparé!
il me témoigna de bons sentimens et voulut
sur l'heure venir voir mademoiselle. Elle le
reçut dans une chambre que nous avions louée
au faubourg Saint-Germain ; il lui parla avec
une apparence de franchise, déclarant que
tout son désir était de l'épouser, mais qu'il
fallait attendre. Mademoiselle se fia en ses promesses; il nous emmena dans une maison à
lui, où nous avons vécu entièrement seules
pendant plus de deux ans : c'est là que Christine est née. Il venait visiter mademoiselle
tantôt souvent, tantôt rarement, donnant toujours pour prétexte son service auprès de la
reine qui l'oblige à suivre la cour.

— Quel emploi y a-t-il donc? interrompit
monsieur de Bormes.

— Nous l'ignorons; il ne souffre pas volontiers les questions et n'y répond jamais. Enfin
vers le commencement de l'été il nous a ame-
nées ici. Maintenant, il ne parle plus de ses

promesses, et qui oserait les lui rappeler?
Nous vivons dans une sorte de captivité; il nous
a défendu avec d'effroyables menaces de sortir de cette maison, de parler à âme qui vive.
Un homme à lui apporte toutes les provisions
dont nous avons besoin, et ne reparaît que de
huit jours en huit jours. Parfois, il me vient
des pensées, des soupçons horribles.... Qui
sait quel métier fait cet homme à présent? si
c'était?...

— Qui donc?

— Un espion....

Laure jeta un cri.

— Non, non, c'est impossible, fit M. de
Bormes, un espion! Mais pourquoi aurait-il
vécu durant plus d'un mois dans le château
de Cadenet sous le nom de Giulio de Mazara?
Qu'y avait-il d'important pour ceux qui sont
au pouvoir dans ce qui se passait chez un
vieux gentilhomme retiré depuis si long-temps
des affaires politiques?

— C'est une folle imagination qui m'est
venue, reprit la Carducha; mais tous ces

mystères m'épouvantent, car ils présagent quelque abominable trahison.

— J'en aurai raison, dit le comte avec une fermeté triste. S'il est gentilhomme, comme je n'en doute pas, puisqu'il a l'honneur d'appartenir à la reine, nous nous battrons jusqu'à ce que mort s'ensuive, ou d'ici à quatre jours mademoiselle de Novès sera madame de Mazarà.

— Mort! répéta Laure, mort! ai-je donc mérité qu'un homme de cœur expose sa vie à me servir? Oh! non, je ne vaux pas tant, monsieur de Bormes; vous ne vous battrez pas pour moi.... Et si vous succombiez, s'il mourait, lui!... Ah! qu'il m'abandonne, qu'il me trahisse, qu'il soit heureux avec une autre, mais qu'il vive!

— Mais alors il n'y aura plus de justice au ciel ni sur la terre, interrompit la Carducha. Quoi! il vous aurait impunément déshonorée? il aurait ici même, dans le lieu où il vous tient prisonnière, amené une femme, sa maîtresse sans doute, et vous ne voudrez pas vous venger par une éclatante réparation ?

— Il n'y a qu'une réparation possible, c'est
un mariage, dit M. de Bormes avec une profonde amertume ; il se fera. Dans quatre jours
il faut que je quitte Paris, et alors tout sera
décidé, fini.

— Dans quatre jours !

— Depuis près de trois ans j'ai acheté une
compagnie dans le régiment d'Auvergne, j'ai
fait les guerres de Catalogne ; dans quatre
jours je pars pour aller rejoindre l'armée
aux frontières d'Espagne : vous le voyez, il
n'y a pas de temps à perdre. Demain....

Laure tendit la main au comte ; son regard se leva sur lui avec une indicible expression de reconnaissance et de ferme résolution.

— Non, dit-elle, vous n'exposerez pas
votre vie, belle, pleine d'honneur et de
gloire, pour une si misérable cause ; c'est
moi qui demanderai justice.... Je me jetterai
aux pieds de la reine, je lui dénoncerai le
tort qu'un officier de sa maison a fait à une

fille noble. La reine est une grande et ver-
tueuse princesse; elle est miséricordieuse
pour les malheureux; elle peut tout.... Oui,
j'aurai du courage : j'attendrai à la porte du
château , et, quand elle passera , je lui parlerai à genoux; je lui demanderai plus que
la vie.... l'honneur!

— On n'approche pas si aisément des sou-
verains; on ne leur parle pas sans un ordre.

— Eh bien ! un placet, je donnerai un
placet.... La reine lit tous ceux qu'on lui
présente.

— Elle les donne au secrétaire de ses com-
mandemens ou à une dame d'honneur qui
lui en rendent compte.

— J'aurai du moins tenté cette voie de
salut, dit Laure avec véhémence; demain,
demain mon sort se décidera.... Hélas! c'est
une sentence de vie ou de mort que je vais
demander.

— Elle ne sera pas sans appel, murmura
M. de Bormes en touchant la garde de son épée.

Il y eut un silence : le comte de Bormes ,

la tête appuyée sur sa main, ne semblait pas
encore revenu de l'étonnement où l'avait jeté
cette rencontre; son regard fixe et troublé
demeurait attaché sur Laure dans une muette
contemplation. Alors elle remarqua le chan-
gement qui s'était fait dans l'extérieur de cet
homme. Qu'il avait vieilli! déjà quelques rides
plissaient son front autrefois blanc et timide
comme celui d'une jeune fille; des moustaches blondes et touffues couvraient sa lèvre,
et cachaient en partie une large balafre à la
joue droite.

— Monsieur, dit Laure, vous avez souffert
beaucoup de fatigues et de périls; cela se
voit. Que Dieu, qui vous en a sauvé, soit
béni! qu'il fasse votre vie longue et glorieuse!

Le comte secoua imperceptiblement la tête.

— Sans doute vous êtes marié? reprit
Laure.

— Non : le mariage est un état qui, selon
mes idées, ne va pas à un homme qui suit la
carrière des armes. Il faut ne rien aimer et
n'être aimé de personne pour risquer sans

souci sa vie ; il faut que le soldat ne laisse rien derrière lui s'il veut affronter la mort sans tourner la tête : j'ai toujours marché de sang-froid vers l'ennemi.

Laure baissa la vue, et, après un moment d'hésitation, elle dit : — Il y a des personnes dont je me sens indigne de prononcer le nom, qui me repousseraient avec horreur si je paraissais à leurs yeux ; mais je suis morte pour elles, et leurs prières demandent à Dieu mon salut : je ne les ai jamais oubliées dans les miennes. Madame de Sault, le chevalier des Gravaux....

— Madame de Sault n'est plus sortie de l'abbaye de Saint-Barthélemy , répondit le comte; que Dieu lui pardonne le mal que m'a fait son orgueil inflexible, et tous les malheurs dont peut-être elle est la première cause ! Le chevalier des Gravaux est mort comme il avait vécu, en chemin pour le château d'un de ses parens.

— Que Dieu lui fasse miséricorde ! c'était un bon et loyal ami !

—C'était un grand philosophe, fit la Carducha.

Le comte se tourna vers elle : Tu étais hier à Paris, dit-il.

— Oui, monsieur, et je vous avais reconnu sur la place du Louvre.

— Moi aussi je crus te reconnaître, et, dans le premier moment, il me sembla que c'était une apparition. Quand tu entras à Saint-Germain-l'Auxerrois, un homme à moi te suivit par mon ordre ; il est venu jusqu'ici ; quand il m'a rapporté où tu étais, j'ai douté un moment si je viendrais t'y chercher : je te tenais pour morte, morte avec mademoiselle de Novès dans ce gouffre au bord duquel j'ai passé la plus longue et douloureuse nuit de toute ma vie....

Il se tut et laissa retomber sa tête sur ses mains jointes. Laure, frappée de ces souvenirs, tourmentée par un profond remords, s'écria :
— Plût à Dieu que je fusse véritablement morte alors ! que mon corps eût été rejeté sur les rochers par les eaux glacées de la fontaine !

cette agonie n'eût duré qu'un moment, et
depuis quatre ans !... Est-ce vivre, de n'oser
reparaître à la face du monde et de traîner
misérablement sa honte sous la volonté d'un
homme? Est-ce vivre, d'avoir renoncé à sa famille, à son nom, à cette estime de soi-même
qui console de tout ?

Un subit et profond retour vers les princi-
pes dans lesquels elle fut élevée, venait de
frapper Laure; l'orgueil de son sang se réveillait en elle et lui donnait l'énergie de la
race dont elle était descendue. L'amour l'avait
soumise à une situation remplie d'opprobre;
elle avait consenti sans résistance à subir tant
d'humiliations et de remords en échange de
quelques momens d'un bonheur amer; mais
l'heure était venue où elle se relevait résolue
et repentante. Une sorte de confiance l'animait; il lui semblait que Dieu devait récom-
penser ses efforts et permettre qu'elle remon-
tât à sa place dans l'estime des hommes.
—Votre présence m'a mise dans la voie que
je dois suivre, dit-elle à monsieur de Bor-

mes ; demain mon sort se décidera. Que Dieu
mette de la compassion pour moi au cœur de
la reine ! c'est en elle que j'espère !

— Vous êtes décidée ?

— Décidée et prête.

— Je vais écrire votre placet.

Le comte se mit devant la table, où la Carducha venait de déposer des flambeaux, car il faisait nuit déjà ; il étendit la main vers un livre
richement relié et l'ouvrit à la première page :
c'était un manuscrit de la main de Giulio. Après
un sonnet italien sur la prise de Perpignan,
on lisait cette maxime détachée : « Le temps
et moi nous sommes deux grands maîtres. »

— C'est un homme politique qui a écrit
ceci ! fit le comte de Bormes ; et ce sonnet !
quel valet de cour imagina jamais de plus
emphatiques louanges ? Oh ! cet homme flatte
et adule le cardinal ! il est sa créature.

— Je le crois plutôt son ennemi : ici, devant
moi, il a parlé avec satisfaction de sa mort
prochaine.

— Qu'importe ? c'est qu'il croit peut-être

y gagner quelque chose. Un vrai courtisan
n'a ni amis ni ennemis; il verrait mourir son
plus zélé protecteur d'un œil sec, s'il savait
que cette mort pût servir à sa fortune. C'est
la reine-mère qui a commencé l'élévation du
cardinal : elle est morte dans l'exil, presque
dans la misère. Mais pour être un grand politique, il faut avoir ainsi un génie audacieux,
un esprit souple, une conscience large, et
une âme de bronze.

— Comme Giulio! murmura Laure avec
une triste et profonde conviction. Elle resta
la tête appuyée sur les coussins : un grand
accablement physique succédait aux terribles
émotions de cette journée; elle s'endormait
d'un sommeil incomplet qui lui laissait voir
comme à travers un nuage M. de Bormes
écrivant d'une main mal assurée sur une
grande feuille qu'il avait arrachée du livre de
Giulio, et la Carducha assise devant lui avec
Christine sur ses genoux.

L'enfant avait d'abord eu peur de la figure
morne et balafrée du comte; mais bientôt elle

s'y était habituée, et le caressant de sa petite main, elle lui dit :

— Il faut rester avec nous ce soir.

Il posa sa plume et dit en regardant, avec un inexprimable serrement de cœur, ce visage rose et souriant :

— Il n'y a point de place ici pour moi, mon enfant; il faut que je m'en aille.

— Mais alors ma mère va pleurer, comme quand mon père la quitte.

—Ton père! dit-il; tu l'aimes bien, ton père, n'est-ce pas ?

— Pas tant que 'ma mère et la Carducha, dit-elle avec un petit geste négatif; il est méchant!

— Méchant!

— Oui, ma mère pleure toujours quand il lui parle, et alors je pleure aussi.

— Pauvre ange! fit le comte en se remettant à écrire.

II.

LE lendemain matin, Laure et la Carducha attendaient le comte, qui était allé passer la nuit dans le bourg de Saint-Germain. Elles avaient revêtu le costume moitié italien moitié espagnol que les femmes portaient à cette époque. Une ample mante noire de gros de Tours enveloppait leur taille, et un demi-masque cachait leur figure encadrée dans une vaste coiffe de gaze : elles avaient ainsi l'air de deux bonnes bourgeoises de la rue Saint-Denis.

Laure relut attentivement le placet qu'avait

écrit pour elle le comte de Bormes ; une ferme
résolution , une nouvelle espérance animait
son regard. En ce moment décisif, il lui sembla .que son malheur devait finir, et qu'il ne
lui fallait plus que le courage de souffrir quelques heures. Elle allait avec confiance au-
devant de son sort, après l'avoir si long-temps
attendu dans une honteuse et muette résignation.

— Mon enfant, dit-elle en prenant sa fille
sur ses genoux, je vais m'en aller : pendant
que je n'y serai pas, prie Dieu pour nous
deux.

Christine joignit dévotement ses petites
mains, et, levant son regard vers le tableau du
Corrége, elle répondit : — Devant la bonne
Vierge , qui vous ressemble, mère.

Quand le comte de Bormes arriva, Laure
alla au-devant de lui avec un sourire triste et
calme.

—Que Dieu vous rende tout le bien que vous
voulez me faire! dit-elle en lui tendant la
main ; je vous attendais, car je sais que vous

n'avez jamais manqué à une promesse.....

Il toucha légèrement de ses lèvres la main qu'elle lui donnait, et, la retenant un moment dans les siennes, il dit d'un air triste : — Vous êtes décidée?

— Je suis prête, vous le voyez.

—Eh bien ! alors, voici cette permission qui est nécessaire pour entrer dans les jardins du Château neuf. Je suis allé la demander au duc d'Uzès, chevalier d'honneur de la reine. Il m'avait vu pendant son voyage de Provence, et, me reconnaissant très-bien, il m'a retenu long-temps. Je lui ai parlé des personnes de la cour....

— De Giulio de Mazara? interrompit Laure en pâlissant. Eh bien ?

— Eh bien ! répondit le comte en hésitant, il ne le connaît pas; personne de ce nom n'approche de la reine. Peut-être dans le service inférieur....

— C'est impossible ! Un valet !.... Mais voyez, tout est à lui ici ! ces meubles, ces tableaux de prix.... il prodigue l'argent pour satisfaire ses fantaisies; un valet n'a pas ce luxe de grand seigneur....

— Les valets de cour sont plus riches que les gentilshommes de province : on a vu ceux du cardinal faire de grandes et rapides fortunes ; pourtant leur nom n'était guère connu hors des antichambres où ils se tenaient. Ah ! maintenant je ne demande qu'une chose à Dieu, c'est que cet homme soit noble !

— Ah ! je n'ai jamais douté qu'il n'eût cet honneur. Mais vous, monsieur le comte, qu'importe à votre satisfaction qu'il soit bon gentilhomme ?

—S'il ne l'était pas, pourriez-vous l'épouser ou pourrais-je tirer l'épée contre lui ?

— Neuf heures viennent de sonner à l'église du Pecq, dit la Garducha ; il n'y a plus de temps à perdre.

Laure se pencha sur sa fille et l'embrassa avec émotion ; puis, la remettant aux mains du comte, elle dit :—Dans deux heures je serai de retour, dans deux heures son sort et le mien seront décidés.... Prie Dieu, ma fille !...

— J'aurais dû vous accompagner, vous suivre du moins de loin ! interrompit le comte.

— Non, non ! c'est moi, c'est moi seule qui dois demander pardon et justice de mon déshonneur devant la reine, devant tous !... La faute fut secrète, mais la réparation doit en être publique, et je ne veux pas accoler votre nom sans tache au nom souillé de la maîtresse de Giulio de Mazara.

En achevant ces mots, elle prit le bras de la Carducha et sortit d'un pas ferme sans tourner une seule fois la tête.

Les deux femmes marchèrent vite et en silence jusqu'à la rivière, que l'on traversait sur un bac, devant les jardins du château. En quelques minutes elles furent à l'autre bord. Une sentinelle gardait la grille qui s'ouvrait au bord de l'eau. La Carducha lui présenta sa permission, déployée et un demi-écu.

— Bien ! fit le soldat en prenant l'écu et en rendant la permission, entrez, mesdemoiselles, et tout d'abord ôtez vos masques ; chez

le roi comme à l'église, on n'entre qu'à visage
découvert.

Les deux femmes se démasquèrent, mais
leurs grandes coiffes avancées cachaient les
traits de leur visage ; elles s'enveloppèrent de
leurs mantes et montèrent lentement vers le
parterre. Dans toute autre situation, les mer-
veilles dont elles étaient environnées eussent
attiré leurs regards; mais toutes leurs pensées, toutes leurs facultés allaient vers un but
unique; elles avançaient sans rien voir, et
comme poussées par quelque force invisible
qui précipitait leurs pas.

Ces jardins, plantés par Henri IV, étaient
alors dans toute leur splendeur; entre les
bordures de buis de leurs parterres, des statues
de marbre se dressaient sur leurs larges pié-
destaux, au milieu d'une profusion de fleurs;
des jets d'eau lançaient leurs aiguilles li-
quides bien au-dessus de la cime des arbres,
et les grandes charmilles protégeaient d'un
feuillage impénétrable le mystère du laby-
rinthe qui vit les amours discrètes et plato-

niques du roi Louis XIII et de Louise de La
Fayette.

De larges rampes en pente douce condui-
saient des parterres à la terrasse, et de la terrasse au château, dont la façade dominait le
jardin ; à gauche était l'appartement du roi,
à droite celui de la reine, et un peu en avant
du corps de logis principal s'avançaient deux
pavillons auxquels on arrivait par une galerie
couverte : l'un servait de logement au grand-
aumônier ; l'autre était la chapelle.

Quand Laure se trouva sur la première
terrasse devant la grande porte du château,
un frisson la saisit : elle eut comme peur de
tous ces gens qui allaient et venaient ; il lui
semblait que Giulio allait paraître devant elle
et la chasser ; que quelque voix allait tout-
à-coup l'interroger, la nommer ; pourtant
personne ne prenait garde à elle. La Carducha
aussi était interdite ; jamais elle n'avait approché des puissans de ce monde, et son
embarras était grand pour les aborder.

— Monseigneur, dit-elle à un page qui

passait avec un bouquet et une lettre à la
main, me pourriez-vous dire si sa majesté
la reine viendra ce matin entendre la messe
dans la chapelle ?

Le page se prit à rire en disant :

— Vous êtes bien honnête, ma mie, de me
donner du monseigneur; je suis Hector de
Pardaillant tout court, page de son éminence
le cardinal Mazarin. Qu'y a-t-il pour votre
petit service? Vous voulez voir la reine : elle
passera dans la galerie d'ici à un quart d'heure,
avec beaucoup de dames et de seigneurs de la
cour, et vous pourrez jouir de sa gracieuse
présence. Mettez-vous là devant les arceaux,
vous aurez tout le coup d'œil de l'entrée de
la chapelle ; c'est très-beau !

La galerie qui servait de communication
entre le château et la chapelle était voûtée et
soutenue du côté de la terrasse par des arceaux à plein cintre. Elle ressemblait assez,
pour l'architecture et la décoration, au cloître
d'un couvent. Sur la balustrade peu élevé

qui séparait la galerie du parterre, il y avait de grands vases de fleurs.

Si près du moment où la justice, la clé-mence de la reine, et peut-être un caprice de cette volonté toute-puissante, ou le seul hasard, allait fixer son sort, Laure se sentit ferme et forte. Lorsque la Carducha interrogea d'un regard inquiet cette physionomie ordinaire-ment timide et abattue, elle la trouva se-reine ; la lutte était désormais finie, et Laure voyait venir son sort dans une attente impas-sible.

Les deux femmes se placèrent au dernier arceau du côté de la chapelle ; bientôt quel-ques personnes qui se promenaient dans le jardin se groupèrent derrière elles pour voir passer la reine : c'étaient des étrangers, des gens venus de Paris pour visiter la cour.

— Sa majesté me paraît en retard d'un bon quart d'heure, dit l'un en regardant une grosse montre presque ronde qui lui pendait au cou, et où tous les passans pouvaient voir l'heure comme à un cadran.

— C'est qu'il est peut-être venu quelque mauvaise nouvelle de Ruel, dit un autre.

— Son éminence serait-elle plus mal?

— On disait hier au palais que sa majesté avait fait demander des prières de quarante heures au chapitre de Notre-Dame.

— Comme pour la naissance de monseigneur le dauphin! Allons donc, compère, cela n'est pas possible! saluer de même la venue de ce beau soleil levant, et le couchant de cette effroyable comète à queue rouge!...

— Compère! compère! interrompit l'autre d'un air effrayé, taisez-vous donc! le cardinal n'est pas encore trépassé!

— Voilà qu'on ouvre les fenêtres chez monseigneur le dauphin; voyez-vous d'ici la tapisserie de sa chambre? un damas blanc sur blanc?

— La chambre de la reine est rouge; je l'ai vue.

— Compère, regardez, on tire les rideaux chez le roi. On dit que sa majesté est fort tra-

vaillée par la fièvre tierce ; elle ne sort pas
depuis dix jours.

Les amples rideaux qui retombaient devant
une des fenêtres du rez-de-chaussée venaient
d'être relevés, et à travers les vitres fermées
on voyait le reflet des glaces et la clarté rou-
geâtre du feu qui déjà brûlait dans la cheminée de cette chambre de malade. Au bout
de quelques momens, une figure parut derrière les vitres : c'était celle d'un homme,
pâle, maigre, à l'air triste et rechigné ; ses
cheveux, d'un noir de jais, retombaient en longues mèches plates sur son cou ; il frappait en
cadence sur les vitres du bout de ses grandes
mains osseuses, et regardait sur la terrasse
d'un air mélancolique.

— Le roi ! voilà le roi ! dit le bourgeois à la
grosse montre, en ôtant son chapeau ; le voyez-
vous, compère ?...

Mais son attention fut tout-à-coup distraite
par une légère acclamation qui s'éleva parmi
le groupe réuni sur la terrasse : la porte in-
térieure de la galerie venait de s'ouvrir.

— Chapeau bas , messieurs! voici la reine,
dit un huissier de la chambre en passant rapidement.

Laure s'avança encore d'un pas, et, se dé-
gantant, elle prit son placet des mains de la
Carducha. Elles échangèrent un regard, mais
ni l'une ni l'autre n'eut la force d'articuler
un mot.

En ce moment, quelqu'un toucha le bras de
la Carducha; elle se tourna en tressaillant :
c'était Hector de Pardaillant, le jeune page.

— Vous voilà bien placée, ma mie, pour
voir sa majesté, fit-il; demain vous pourrez
dire à Paris comment la reine était habillée
aujourd'hui, et quelles dames lui portaient
la queue.

Un gros de monde parut à la porte de la
galerie, puis une dame qui marchait seule,
la main légèrement appuyée sur le bras d'un
vieux cavalier; derrière elle venaient plusieurs
dames et seigneurs.

Laure frissonna comme si on l'eût touchée
avec la pointe d'une épée. Elle passa une

main sur ses yeux et dit au page d'une voix brève et mal articulée : — Quelle est cette femme vêtue d'une robe de satin noir avec tant de perles sur le devant de son corsage; celle qui est là, là, presque devant nous?...

— C'est la reine Anne d'Autriche....

— Et cet homme vêtu de rouge qui vient à sa suite.... celui qui porte à la main une barette?...

— C'est son éminence le cardinal Mazarin, répondit le page assez scandalisé de ces questions précipitées; vous ne savez guère la cour, ma mie.

Laure laissa retomber le placet qu'elle avait levé d'une main tremblante, et, s'adossant contre un pilier qui la cachait aux yeux de ceux qui passaient par la galerie, elle murmura en arrêtant sur la Carducha un regard égaré, presque fou : — Le cardinal Mazarin ! la reine Anne d'Autriche!...

III.

Le même jour, vers le soir, Laure et le comte de Bormes étaient seuls dans le petit salon. La jeune femme était accoudée sur la table; elle avait l'air calme, elle ne pleurait pas, et son visage ne conservait d'autre trace de souffrance qu'une effrayante pâleur. Le comte était morne et accablé.

— Oui, monsieur, dit Laure d'une voix ferme, ma résolution est prise; je ne le reverrai jamais. Si vous saviez quel courage Dieu a mis tout-à-coup au fond de mon cœur! il m'inspire la volonté de réparer les fautes

de ma vie passée, il me relève de mon déshonneur. Giulio de Mazara est mort pour
moi! je suis morte pour lui!

Le comte baissait la tête dans une morne et
profonde indignation.

— Quel abîme d'iniquités! s'écria-t-il;
quelles viles intrigues! Cet homme, autrefois
vice-légat à Avignon, nonce du Saint-Père à
la cour de France, et maintenant revêtu de
la pourpre..... cet homme est descendu au
rôle d'un intrigant, d'un faussaire!.... Oui,
un impudent faussaire! Jules Mazarin s'appelait Giulio de Mazara au château de Cadenet, et j'ai pu douter qu'il fût gentilhomme :
car je l'avais menacé impunément, je l'avais
menacé la main levée, en lui commandant de
partir sur l'heure.

—O Ciel! s'écria Laure, devenue plus pâle d'é-
tonnement et d'indignation; et il vous a obéi?...

— Oui, le lendemain.

— Alors il s'était vengé! murmura-t-elle.

Laure, accablée sous cette dernière révé-
lation, restait immobile, le front baissé sur

ses deux mains. Enfin, elle dit d'une voix
lente et ferme :

— Dieu veut que le sacrifice soit grand et
complet, il le sera !.... Je veux partir, partir
cette nuit même....

— Et vous croyez être sûre que cet homme
ne voudra pas à tout prix découvrir ce que vous
êtes devenue ? Mais s'il ne vous cherche pas, il
cherchera, il voudra ravoir sa fille. Et d'ailleurs, s'il soupçonnait pourquoi vous partez,
s'il venait à penser que vous connaissez.... Les
rendez-vous d'une reine sont un secret d'État.
Vous seriez perdue, si on savait qui vous avez
vu avant-hier ici, et qui vous avez reconnu
ce matin au château !... Il y a dans les prisons
d'État des cachots dont on ne sort jamais, et
qui répondent du silence de ceux qui décou-
vrent les secrets des princes....

Laure secoua la tête. — Ce secret honteux
et terrible restera là, dit-elle en mettant une
main sur sa poitrine. Avant de quitter pour
toujours cette maison, où il ne doit plus me
retrouver, j'écrirai une lettre.... Il ne me

cherchera pas. Je connais bien son âme sèche
et détachée de toute affection ; depuis long-
temps je suis pour lui un souci, je l'en déli-
vre en m'éloignant. Que lui importe ce que je
serai devenue ?... Et s'il y songe un moment,
n'est-il pas préoccupé de mille soins qui
viendront l'en distraire ? la mort de Richelieu
approche !...

— Mais sa fille, y renoncera-t-il ainsi ?

— Pauvre enfant ! il l'aurait déjà oubliée
si je ne l'eusse quelquefois mise dans ses bras !
Non, non, et c'est Dieu qui m'en fait la grâce,
je ne trouverai point d'obstacle pour accomplir ma résolution et persévérer dans mon repentir et ma pénitence : allons, voici le premier pas vers cette nouvelle vie !....

Elle prit une feuille de papier sur la table,
et écrivit d'une main ferme ce peu de lignes :

« Dieu m'a touchée par sa grâce, et il
« m'inspire de renoncer à ma vie déshonorée
« et maudite pour me donner à lui. Nous ne
« nous rencontrerons plus en ce monde, Giu-
« lio. Je vous rends, je vous laisse tous les

« dons que vous m'avez faits; je n'en ai plus
« besoin. Ma fille apprendra près de moi la
« vie pauvre et pénitente que je veux suivre
« jusqu'à la mort. Songez à ce dernier mo-
« ment, Giulio; il viendra aussi pour vous, et
« alors de quoi vous serviront les joies et les
« prospérités de votre vie? Adieu pour tou-
« jours ici-bas, Giulio! Songez à l'éter-
« nité!... »

Le comte de Bormes regardait Laure avec
une douloureuse et muette émotion. Il y avait
quelque chose de solennel dans la voix, dans
le regard de cette jeune femme qui accom-
plissait si fermement le sacrifice de son amour
et se dévouait sans retour à une vie pauvre
et repentante.

Le préjugé, l'honneur, élevaient une insurmontable barrière entre la maîtresse de
Giulio et le comte de Bormes; mais c'était
avec désespoir qu'il se soumettait à cette inflexible loi. Son cœur se brisait à l'aspect du
malheur de cette femme, la seule qu'il eût
aimée, qu'il aimait encore et qu'il ne pouvait

venger. Mais il jura, dans le fond de son âme, que du moins il resterait toujours son ami, son protecteur, et celui de cette enfant, dont le père avait si cruellement brisé tout le bonheur de sa vie.

Quand Laure eut fini d'écrire, elle déposa sa lettre au milieu de la table.

— Il la trouvera, dit-elle, quand il viendra ici, dans quinze jours, plus tard encore peut-être.... Maintenant, il ne nous reste qu'à partir.

—Je vous servirai dans tout ce que vous avez résolu, dit le comte d'une voix émue; vous pouvez compter sur moi à la vie et à la mort. Dès ce moment Christine devient ma fille, et j'assure son sort par un don de vingt mille écus.

— Je l'accepte pour elle, dit Laure en lui tendant la main. Monsieur de Bormes, que béni soit Dieu qui vous a envoyé vers moi! Que les voies de sa sagesse sont grandes! que sa providence est miséricordieuse! Elle m'a tendu la main au fond de l'abîme, elle donne un ange gardien à cette pauvre innocente, si faible et

si dénuée de tout appui. Ah! mon Dieu! vous
voulez m'aplanir les chemins qui mènent à
vous !...

La Carducha entra en tenant Christine par
la main; elle avait repris ses habits de Bohémienne; sa contenance était triste, mais décidée. Seule, elle pouvait dire que l'éminen-
tissime cardinal Jules Mazarin avait été bien
véritablement Giulio de Mazara, le pauvre
étudiant fils d'un *vetturino*, natif de la petite
ville de Mazara, dont il avait pris le nom;
mais elle garda ce secret, se souvenant que
jadis elle aussi aima cet homme.

— Je viens de l'autre côté de l'eau, dit-
elle; un carrosse est arrêté sur le chemin du
Pecq : il n'y a qu'un cocher sans livrée et point
de lanternes.

— C'est le mien, répondit le comte : voici
que la nuit est tout-à-fait close; nous avons
à suivre un grand détour, pour éviter le hasard de toute rencontre et faire perdre notre
trace; il faut rentrer à Paris par la porte
Saint-Antoine.

Laure se leva, et, jetant un dernier regard autour d'elle, d'un air mélancolique et calme, elle prit sa fille dans ses bras et dit : — Partons !

—Partons ! répéta la Carducha ; et ses yeux, pleins d'une flamme sombre, dirent un dernier adieu à cette maison, où elle avait souffert les plus cuisantes douleurs pour une âme fière et tendre, le spectacle de l'humiliation et des douleurs de tout ce qu'elle aimait maintenant en ce monde. Elle sortit la dernière et ferma soigneusement toutes les portes : une lampe resta allumée sur la table du salon ; elle devait veiller deux jours et deux nuits dans cette maison abandonnée.

En traversant la pelouse, Laure leva les yeux vers le château ; toutes les fenêtres illuminées resplendissaient au milieu de cette sombre nuit, comme de grands cadres derrière lesquels se dressaient de fantastiques ombres ; la musique animait cette fête, et, après de courts intervalles de repos, les violons jouaient *riforzando*.

—On danse au château, dit le comte avec
un sourire amer.

Laure ferma instinctivement les yeux.

—Hélas! partons, dit-elle.

Quelle nuit! le vent soufflait par rafales
impétueuses; une obscurité profonde couvrait
les chemins noyés par les pluies : personne
ne parla durant ce triste voyage. Laure tenait
dans ses bras Christine endormie et lui baisait les cheveux, en adressant à Dieu de
silencieuses et ferventes prières pour le bonheur de son enfant. Le comte n'osait interrompre cette triste méditation; son âme gé-
néreuse et bonne cherchait par quelles voies
il pourrait adoucir un si grand malheur; puis,
faisant un triste retour vers lui-même, il considérait sa propre situation et maudissait le
sort, qui défendait toute satisfaction à son
amour comme à sa haine.

Il faisait jour quand le carrosse entra à
Paris, par la porte Saint-Antoine. Le comte
demeurait dans le faubourg Saint-Germain,
près de l'ancien hôtel de Marguerite de Va-

lois. Le carrosse s'arrêta au milieu d'une petite rue, sous le porche d'un hôtel de belle
apparence.

— C'est ici chez moi, dit le comte, et vous y
êtes chez vous, madame ; cette retraite est la
plus sûre que vous puissiez choisir : vous y vivrez tranquille avec votre fille, pendant mon
absence, qui sera longue peut-être.

Laure le remercia du geste ; et, baisant au
front Christine, qui venait de s'éveiller, elle la
tint un moment serrée sur sa poitrine. Deux
larmes, les premières qu'elle eût versées depuis que son sort était accompli, coulèrent
le long de ses joues ; mais, reprenant bientôt
toute sa fermeté, elle mit Christine entre les
bras du comte et lui dit, d'une voix triste et
profonde : — Soyez son appui, son protecteur ;
je vous la donne.... c'est tout ce que je laisse
de cher en ce monde... Parle-lui souvent de sa
mère, ajouta-t-elle, en tendant une main à la
Carducha ; aie soin d'elle, tu l'aimes.... va, je
le sais...

La Carducha, frappée d'un triste étonnement, était debout à la portière du carrosse ; avec M. de Bormes lui donna l'enfant.

— Eh ! quoi, s'écria-t-il, n'est-ce pas ici, avec elles, que vous allez demeurer ?

— Aviez-vous pensé qu'en renonçant à lui, je ne renoncerais pas au reste du monde ? répondit-elle d'une voix sourde ; tout y est désert, mort pour moi maintenant !... J'ai promis à Dieu, qui m'a donné la force de vouloir ce sacrifice, de ne pas différer d'un jour, d'une heure, l'accomplissement de ma résolution. Ah ! si je tardais, peut-être !... Allons !...

Elle se pencha encore une fois vers sa fille, et serra la main de la Carducha, qui pleurait stupéfaite.

Un instinct de jalousie, l'égoïsme d'un amour malheureux, consolèrent sur-le-champ M. de Bormes : cette femme, si jeune, si belle, et qui ne pouvait plus être à lui, allait mettre une barrière insurmontable entre elle et le monde ; aucun retour vers celui qu'elle avait aimé ne serait possible.

— Où voulez-vous aller, madame ? lui dit-il,

le cœur palpitant d'une triste et indicible joie.

Elle se rejeta au fond du carrosse, mit les mains sur ses yeux et dit d'une voix ferme :

—Aux Carmélites !

LIVRE SEPTIÈME.

AUX CARMÉLITES.

I.

Le jour naissait : c'était le premier du plus
beau mois de l'année, du doux mois de mai.
Ses suaves influences réveillaient dans toute
là création le principe d'amour et de vie qui
rajeunit et perpétue le monde. Les tilleuls
déplissaient lentement leurs feuilles sous la
tiède haleine du printemps; les mornes cyprès
semblaient reverdir, le deuil éternel de leurs
rameaux s'égayait de nuances plus tendres, et
aux branches touffues des rosiers s'épanouissaient des boutons d'un pur incarnat. Les lis
levaient leurs blanches têtes et buvaient la

rosée qui scintillait sur leurs pétales en bril-
lantes gouttelettes; déjà les premiers rayons
du soleil séchaient les prés et entr'ouvraient
le calice de leurs humbles fleurs.

Debout, à la fenêtre de sa cellule, sœur Saint-
Jean-de-la-Croix voyait venir le jour. Son regard errait sur l'enceinte immense du jardin
des Carmélites, puis il s'élevait au ciel avec
une muette prière. L'exaltation d'une piété
vive et profonde animait ses grands yeux
bleus; elle était belle encore, belle surtout
de cette expression ineffable d'amour et de
mélancolie que les grands maîtres de l'école
espagnole donnaient à leurs saintes. Ses traits
doux et pâles étaient encadrés dans une guimpe
de toile; un voile noir, symbole de ses vœux
éternels, la cachait de ses sombres plis; un
manteau de serge blanche retombait sur ses
épaules, et le scapulaire de l'ordre couvrait
sa poitrine et descendait jusqu'à ses genoux.

Après dix-sept années de retraite et d'austère
pénitence, quel œil eût reconnu dans cette
religieuse la belle Laure de Novès? Cette fleur

de jeunesse, l'expression passionnée de ces
yeux bleus, les grâces riantes de ce charmant
visage, avaient passé; madona Laura, la noble
demoiselle, la faible et tendre maîtresse de
Giulio, n'était plus; il ne restait que la carmélite. Cette femme, souillée par une grande
faute, perdue devant le monde; cette femme,
qui avait volontairement rayé son nom entre
les vivans, et qui, dominée par un amour
sans bornes, lui avait sacrifié ses remords,
son honneur et la fierté de son rang, s'était
relevée de son avilissement par une éclatante
conversion. Alors la pénitence, qui réparait devant Dieu les plus grandes fautes, leur obtenait
aussi l'absolution du monde. L'éclat d'une vie
qui l'avait scandalisé pouvait s'effacer devant
l'éclat d'un profond repentir. Il existait un port
de salut pour les âmes battues par de longues
tempêtes; brisées par les passions, elles ne retombaient pas dans le néant et l'horreur d'elles-
mêmes; la foi les relevait, elles se laissaient aller
aux bras de la religion qui les consolait. Le
couvent était un asile où se retrempait leur vie

spirituelle et temporelle. L'une y retrouvait les élémens d'un nouvel amour, l'autre s'y purifiait de toutes ses taches et remontait à sa place dans l'estime des hommes.

Cette vie cloîtrée, si pâle et misérable selon nos idées, avait, pour celles qui y étaient véritablement appelées, des trésors de bonheur. Il y a dans une foi vive, dans une dévotion exaltée, les élémens d'une félicité impérissable. L'amour des âmes parfaitement croyantes est une passion vive, profonde, incessamment satisfaite sans remords ni satiété. Elle a les illusions, les émotions puissantes, les vives espérances d'un autre amour; elle adore dans la présence réelle l'objet invisible de son culte; elle le possède et lui parle avec les élans d'une tendre et profonde adoration. Le plus sublime modèle de l'amour mystique, sainte Thérèse a passé sa vie dans les émotions, dans les joies ineffables dont l'amour terrestre ne donne à ses privilégiés que quelques fugitifs et rares momens.

La sœur Saint-Jean-de-la-Croix avait retrempé son âme dans l'amour de Dieu. Il fallait ces alimens à son activité puissante, après cet autre amour qui l'absorba si long-temps. Elle trouvait des satisfactions intimes dans l'accomplissement des plus austères devoirs : le jeûne, le silence perpétuel, le travail, la prière, étaient ses obligations de tous les jours, et elle s'y soumettait avec un esprit de pénitence qui faisait dire à sainte Thérèse : Seigneur! ou souffrir ou mourir! Chaque jour elle récitait l'office des morts, et une prière pour les âmes du purgatoire; c'était en mémoire du comte de Bormes, tué à la bataille de Rocroy; celui qui l'avait tant aimée durant sa vie était mort bientôt après leurs tristes adieux. Depuis dix-sept années, sœur Saint-Jean-de-la-Croix n'avait plus prononcé le nom de Mazarin. Toutefois, pendant les troubles de la Fronde, lorsqu'on tirait le canon à la Bastille, lorsque la guerre civile ensanglantait Paris, elle avait entendu son retentissement sinistre et les malédictions qui suivaient le cardinal; alors elle avait osé prier

pour son salut. Quand il eut vaincu ses ennemis, elle demanda encore à Dieu sa conversion. Elle avait oublié le monde, dont aucun
bruit n'arrivait jusqu'à elle; pourtant, hors
des murs de son couvent vivait quelqu'un
qu'elle n'oubliait jamais dans ses prières, et
qu'elle revoyait une fois chaque année avec
des larmes de repentir et de tendresse : chaque année, après Pâques, sa fille venait la visiter.

Sœur Saint-Jean-de-la-Croix se préparait à
cette entrevue par la prière et les macérations;
elle expiait ainsi d'avance ce retour à ses affections terrestres. Le Dieu qu'elle servait est
un Dieu jaloux; elle pleurait à ses pieds en
promettant d'être toute à lui après ces courts
momens donnés à un autre amour.

La carmélite pria long-temps debout à l'é-
troite croisée de sa cellule. La foi lui ouvrait
le ciel où se perdait son regard; elle cherchait
au-delà de son azur immense le séjour des
anges et des bienheureux; et il lui semblait
ouïr dans les airs comme un écho de la Jéru-

salem céleste; puis, abaissant ses yeux sur la terre, elle se sentit vivre à regret et elle éprouva une ardente impatience de dépouiller son corps mortel pour s'en aller vers une meilleure région.

Mais bientôt les suaves influences d'un beau jour, l'aspect de cette nature calme et souriante, frappèrent ses sens, de vagues souvenirs s'éveillèrent au milieu de ses ferventes oraisons.

Ce ciel azuré où resplendissaient les premières clartés de l'aube, ces parfums printaniers que le vent jetait à son visage, lui rappelèrent tout-à-coup d'autres lieux, un autre temps. Elle songea aux premières années de sa jeunesse, à ses jours d'innocence; un subit et profond retour vers le passé ressuscita un moment Laure de Novès; elle se retrouva aux bords de la Durance, dans le beau pays où s'élève l'antique château de Cadenet.

—Oh! ma Provence!... murmura-t-elle; oh! mon berceau tant aimé!... ma vie d'autrefois!...

En ce moment la cloche sonna le premier coup de matines; ces notes graves et vi-
brantes frappèrent l'oreille de la carmélite
comme la voix de l'ange au jugement dernier.
Elle revint de ses souvenirs, et, refermant la
fenêtre, elle tomba prosternée au pied de la
croix.

Tout lui parlait de Dieu et rien ne rappelait le monde dans cette cellule où elle était
venue s'ensevelir comme dans une tombe. Le
lit, étroit, mince et recouvert de serge noire,
ressemblait à une bière; à côté il y avait une
chaise de paille, plus loin un prie-Dieu au-
dessus duquel on voyait l'image du Christ entre un sablier et une tête de mort. Sur les
murs blanchis à la chaux étaient écrits diffé-
rens passages de l'Écriture sainte; paroles sévères qui toutes rappelaient la brièveté du
temps, la longueur de l'éternité.

Une religieuse passa dans le corridor en récitant à haute voix les psaumes de la pénitence; chaque sœur faisait les répons de sa cellule, et ces voix invisibles formaient un sourd

bourdonnement auquel se mêlait la cloche qui sonnait le second coup de matines.

— *De profundis clamavi ad te, Domine !* dit la religieuse en passant devant la porte de sœur Saint-Jean-de-la-Croix.

— *Domine, exaudi vocem meam !* répondit-elle en se levant pour descendre au chœur.

II.

L'ÉGLISE des Carmélites de la rue d'Enfer
était un vaste et magnifique monument élevé
par la princesse Catherine d'Orléans-Longue-
ville.

Le grand autel, auquel on montait par douze
marches de marbre blanc entourées d'une balustrade en bronze doré, était couronné par
un tabernacle d'argent, orné de bas-reliefs et
de ciselures d'un prix inestimable. Dans la
grande nef, dans les chapelles, il y avait les
tableaux des grands maîtres de l'école italienne et de l'école espagnole. Des chefs-d'œuvre de sculpture décoraient les tombeaux des

morts illustres qui reposaient dans l'église des Carmélites; le monument élevé à la mémoire du cardinal de Bérulle était dans le chœur, près de l'autel.

Le cardinal était représenté à genoux, dans l'attitude d'une fervente prière; sa main, sous laquelle semblait palpiter le marbre, restait sur sa poitrine comme s'il eût récité un éternel *mea culpa;* son visage, d'une immobilité vivante, avait une divine expression de pieuse humilité; ses yeux de marbre regardaient le ciel, et leurs prunelles fixes étaient comme voilées de larmes.

Ces tableaux, ces sculptures, ces bronzes dorés, ces magnifiques ornemens jetés à profusion dans l'église des Carmélites, faisaient contraste avec la triste nudité de l'intérieur du couvent; là le vœu de pauvreté était rigoureusement accompli.

Dans toutes les cellules, depuis celle de la prieure jusqu'à celle de la dernière sœur converse, on ne trouvait qu'un lit, un prie-Dieu et une chaise de paille. Dans les salles, dans le parloir, dans le réfectoire il n'y avait que des bancs et des tables en bois de noyer. Sur tous les murs on voyait, au lieu de tapisserie, les insignes de la pénitence et les symboles de la mort, des croix, de courtes sentences tirées des saintes écritures, et les principaux articles de la règle de sainte Thérèse encadrés dans des arabesques noires.

Les Carmélites ne possédaient rien en propre, pas même leur vêtement ; il appartenait à la communauté, et chaque sœur le recevait au vestiaire, sans le choisir et sans remarquer s'il avait été déjà porté par d'autres. Elles n'usaient de linge qu'à l'infirmerie ; leur chaussure était de grosses sandales attachées avec des lanières de cuir, et, par le froid le plus rigoureux, elles ne portaient point de bas.

Le carême durait toute l'année chez les Carmélites : on y vivait plus mal que chez les Chartreux, car on faisait maigre avec des fruits et des racines, et on jeûnait au pain et à l'eau. Ces habitudes austères, cette continuelle mortification des sens, n'abrégeaient point la

vie de celles qui s'y étaient une fois pliées ;
mais la première épreuve en était terrible.
Quiconque, en parcourant le vaste caveau où
l'on enterrait les Carmélites, se fût arrêté à
lire les épitaphes gravées en creux sur chaque
dalle, aurait vu qu'on mourait dans leur
couvent à la fleur de l'âge, ou centenaire.
Mais combien de jeunes filles, professes avant
vingt ans, s'étaient couchées pour toujours
dans leur lit de pierre quelques mois après
avoir prononcé leurs vœux.

Les religieuses entendaient la messe et ré-
citaient les offices dans le chœur. Elles étaient
séparées de l'église par une massive grille
qui les cachait à tous les yeux ; derrière ces
barreaux de fer étroitement croisés retombait encore un ample rideau noir. Les Carmélites ne voyaient, à travers la grille, que
l'autel et le prêtre ; leurs regards ne pouvaient
pas plonger dans le reste de l'église.

A côté de la grille était cette terrible porte
de clôture, qui se refermait à jamais sur celle
que les vœux prononcés à haute voix devant

le grand autel venaient de séparer du monde.
C'est là que toute la communauté recevait la
nouvelle sœur, et que la supérieure lui disait
en l'aidant à franchir le seuil :

—Ma fille, regardez cette porte, par laquelle
vous venez d'entrer : vous ne la repasserez ni
vivante, ni morte.

On dit que quelques-unes, à ces paroles, se
tournèrent pour jeter encore un regard en
arrière. Ce mouvement était considéré comme
un avertissement, comme un présage de fin
prochaine : on avait remarqué que toutes
celles qui n'entraient pas avec un ferme courage mouraient dans l'année.

Après l'office, sœur Saint-Jean-de-la-Croix
était restée la dernière dans le chœur : sa
place était au premier banc, derrière le rideau ; elle appuya son visage contre la grille,
et continua ses oraisons en présence du Saint-
Sacrement.

Il était défendu de prolonger ainsi le temps
des prières sans une permission expresse ;
mais la supérieure tolérait cet excès de zèle

chez quelques religieuses avancées dans le
chemin du salut et soutenues par les grâces
de l'Esprit Saint. Elles passaient, dans l'opi-
nion des autres sœurs, pour des âmes appelées
à la perfection, élues entre toutes pour jouir,
même sur cette terre, d'un avant-goût de la
béatitude céleste. Une sorte de respect les environnait pendant leurs exercices religieux :
on croyait généralement qu'elles avaient des
visions et des extases.

Sœur Saint-Jean-de-la-Croix ouvrit un livre
qu'elle trouva contre la grille ; c'était le *Guide
des Pécheurs*, nouvellement traduit de l'espagnol par un conseiller au parlement, et
dédié à une Carmélite, sœur Marie-de-Jésus,
qui s'appelait autrefois dans le monde madame la duchesse d'Épernon.

La religieuse s'arrêta sur ce passage du chapitre des quatre fins de l'homme, la mort, le
jugement, l'enfer et le paradis. « Que me ser-
« viront, à cette heure, tous mes plaisirs et
« tous mes contentemens passés, puisque dé-
« sormais ils sont finis, et qu'il ne m'en est resté

« que la lie ? Les scrupules et les remords de
« ma conscience sont dans mon cœur, comme
«des épines qui le couvrent de stigmates san-
« glans. O Dieu ! retirez de moi les affections
« terrestres ; brisez les liens qui m'obligent à
« tourner encore la tête vers le monde ! Que
« je sois enfin à vous seul ! »

Elle laissa aller le livre de ses mains en
murmurant :

— Oui, toute à vous, mon Dieu ! Quiconque
sert un tel maître, doit tout quitter pour le
suivre : rang, fortune, affections, gloire
mondaine, tout !... Mon Dieu ! pour vous, j'ai
renoncé avec joie à tout ce que j'aimais ici-
bas ! je vous ai sacrifié mon cœur et mes volontés ; prenez-moi tout entière !

Hélas ! reprit-elle, après un moment de silence et en retournant malgré elle vers le
passé, l'orgueil de mon sang, mes affections
les plus chères, je les sacrifiai jadis à un autre
amour !...

La prière s'éteignit sur ses lèvres ; elle resta
plongée dans une de ces méditations où la

pensée, vague, incomplète, ne saurait se tra-
duire dans aucun langage.

De rapides tableaux se succédèrent dans
son imagination ; c'étaient comme les songes
d'une autre vie, où lui apparaissaient tous
ceux qu'elle avait aimés sur la terre.

En face d'elle, l'autel étincelait sous un
rayon de soleil ; de blanches flammes semblaient voltiger autour du tabernacle, où sa
foi voyait Dieu caché sous les espèces consa-
crées. Les rideaux de pourpre jetaient de
suaves reflets dans le sanctuaire, et teignaient
d'une nuance rosée le marbre blanc des co-
lonnes : des gerbes de fleurs se dressaient entre
les candelabres et mêlaient leurs odeurs au
parfum de l'encens.

Au-delà de l'autel, la figure agenouillée du
cardinal de Berulle se détachait sur un rideau
noir semé de larmes d'argent ; une auréole
semblait couronner son front, et le reflet incarnat des rideaux donnait la vie à ses chairs
de marbre.

Les travaux apostoliques du saint protecteur

de ce couvent se représentèrent vivement à la mémoire de sœur Saint-Jean-de-la-Croix. Elle songea au jour solennel où, à la tête des six Carmélites qu'il était allé chercher en Espagne, il vint prendre pour elles possession de cette maison.

En entrant dans leur nouvel asile, ces femmes s'agenouillèrent, comme dans un lieu de franchise et de sûreté où elles arrivaient après avoir encore un moment entrevu le monde : elles chantèrent le *Te Deum laudamus* devant l'autel, et passèrent une à une cette porte de clôture, qui ne devait pas se rouvrir pour celles qui l'avaient une fois franchie.

Le sacrifice était grand et complet pour ces étrangères; elles renonçaient même à entendre parler le doux langage de leur enfance; elles ne devaient plus revoir le beau ciel, le soleil de leur pays : c'était tout ce qui restait des joies de ce monde à celles qui étaient mortes d'avance dans le couvent des Carmélites.

Sœur Saint-Jean-de-la-Croix priait ces âmes

bienheureuses; une pieuse émulation relevait
ses forces; elle allait vaincre ces retours vers
de mondaines affections qui la tourmentaient
de si profonds remords.

Les portes de l'église étaient ouvertes, et de
temps en temps on entendait des pas résonner
sous ses voûtes, ou bien la voix plaintive et
monotone des mendians échelonnés sur l'escalier du dehors. Quelques femmes dévotes disaient leurs oraisons dans la nef, et un vieux
prêtre confessait dans la chapelle de sainte
Thérèse. Ces bruits vagues arrivaient à peine
aux oreilles de sœur Saint-Jean-de-la-Croix
et ne troublaient point sa prière; mais elle en
fut tout-à-coup distraite par l'apparition de
quelqu'un dans le chœur de l'église. C'était
une jeune fille qui s'avançait, les mains dévotement croisées, et son livre d'heures sous le
bras. Sa taille était comme perdue dans les
plis raides et sans grâce d'une robe d'étamine
noire; une petite coiffe de dentelle encadrait
de ses plis symétriquement relevés le con-
tour du visage; une façon de voile cachait à

demi cette toilette dont l'ensemble annonçait quelque modeste demoiselle de la bonne bourgeoisie.

La jeune fille vint s'agenouiller devant la sainte table, et, relevant un peu son voile, elle se tourna vers la grille avec une expression de tristesse et de profonde attention. Ses yeux ne quittaient pas ces noirs barreaux de fer à travers lesquels ils ne pouvaient rien distinguer, et de temps en temps elle essuyait des larmes qui tombaient lentement le long de ses joues. Elle était belle, si divinement belle, qu'on eût dit une de ces madones qui sont assises, avec l'enfant Jésus sur leurs genoux, dans les tableaux de Raphaël. Ses grands cheveux noirs déployaient leurs bandeaux sur un front calme et pur; son regard fier et candide avait une expression de douceur infinie, quand elle baissait à demi ses cils longs et soyeux; sa taille, ensevelie dans les mille plis de sa robe, paraissait pourtant encore souple et gracieuse.

Sœur Saint-Jean-de-la-Croix demeura d'abord frappée d'une sorte d'admiration à la vue de cette rare beauté; puis, songeant à tout ce qu'un si vain et dangereux avantage pouvait attirer de fautes et de malheurs sur cette jeune fille encore innocente et pieuse, elle eut l'âme saisie de frayeur et de compassion.

— Pauvre enfant! murmura-t-elle, que Dieu te protége! Déjà tu pleures, tu tournes tes regards vers cette grille, comme si tu voulais cacher derrière elle cette beauté que tant d'hommes voudront profaner de leur amour... Pauvre enfant, n'attends pas qu'il soit trop tard!

— Sœur Saint-Jean! dit tout bas une voix derrière la Carmélite, notre mère vous attend au réfectoire : toute la communauté est dispensée aujourd'hui du jeûne et du silence; notre mère veut que nous fassions toutes sans distinction le dimanche.... Sœur Saint-Jean, vous voulez nous laisser toutes en arrière dans le chemin de la perfection : cinq heures d'oraison depuis Matines!....

— Je descends, ma sœur, répondit-elle en se levant.

III.

Le même jour avant Vêpres la prieure fit appeler sœur Saint-Jean-de-la-Croix dans sa cellule.

— Ma fille, lui dit-elle, on vous demande au parloir; vous pouvez y descendre.

La Carmélite pâlit, ses genoux fléchirent; une émotion profonde de tendresse et de joie fit battre son cœur.

— Ma mère, dit-elle, résolue sur-le-champ à s'en punir, je vous demande la permission de porter, quinze jours durant, le cilice, et de dire chaque matin le rosaire les bras en croix.

— Non, ma fille, répondit doucement la

prieure, je crains pour vous le péché d'orgueil; il y en a dans ces grandes mortifications qui furent pratiquées par des saints.

— Ma mère, j'ai toujours devant les yeux mes iniquités; il faut racheter mes attachemens mondains. J'ai trop souvent songé depuis quelque temps à une personne qui m'est chère.

—Vous en parlerez au père confesseur en lui faisant part de vos scrupules. A présent je vous permets d'aller au parloir.

— Seule, ma mère? dit sœur Saint-Jean-de-la-Croix avec étonnement.

— Sœur Marie-de-Jésus et sœur Madeleine-de-l'Assomption y sont déjà; allez; vous avez une heure.

Le parloir des Carmélites était divisé en deux parties par une grille derrière laquelle restait toujours tiré un rideau de toile noire. Du côté où se tenaient les personnes séculières la grille était renforcée de longues pointes de fer qui empêchaient qu'on n'en approchât les mains ou le visage. Tout dans ce sombre lieu inspirait la tristesse; le jour n'y péné-

trait que par d'étroites fenêtres, et à travers
ces clartés indécises on ne voyait que l'image
de Jésus sur la croix, cette sombre grille où
aucun visage ne se montrait, et quelque chaises de paille comme dans une église. La règle
voulait que les Carmélites n'eussent aucun entretien secret et particulier avec les personnes séculières; quand elles avaient la permission de descendre au parloir, c'était toujours
en compagnie de deux autres sœurs, qui
écoutaient sans se mêler à la conversation.

La sœur Marie-de-Jésus et la sœur Madeleine-de-l'Assomption attendaient déjà près de
la grille; l'une était jeune, toute pleine encore
de la ferveur qui l'avait amenée dans cette
austère retraite; l'autre, entrée en religion
depuis quarante ans, s'était fait de la règle
une habitude; les mortifications ne lui coû-
taient plus rien; elle jeûnait, veillait et
priait sans efforts comme sans exaltation.

La sœur Saint-Jean-de-la-Croix s'approcha
de la grille en tremblant; elle resta debout
et dit d'une voix basse et tremblante :

— Mon enfant, êtes-vous là ?

— Oui, ma mère, répondit une jeune voix de l'autre côté de la grille, je suis là depuis ce matin. Ah ! j'avais peur que vous ne vinssiez pas !... et je pleurais ici toute seule.

— Et la Carducha, mon enfant ? elle ne me parle pas. N'est-elle pas près de vous ?

— Non, elle n'y est plus ! dit Christine avec des sanglots ; ma mère ! ma mère ! priez Dieu pour elle et pour moi !.. elle est morte !

— Morte ! Seigneur, recevez-la dans votre gloire ! Morte ! et vous, mon enfant, vous êtes donc seule ? Mais comment ? depuis quand ? Et je l'ignorais !...

— La Carducha se sentit subitement malade, il y a de ceci trois semaines : c'était le dimanche de la Passion ; nous revenions d'entendre la messe à Saint-Germain-l'Auxerrois lorsqu'elle fut saisie d'un grand tremblement avec des vertiges et une extrême difficulté pour parler. Je la fis coucher, et Catherine notre servante alla chercher un médecin. Il ne vint que vers le soir ; la Carducha était

dans une grande agitation, sa tête s'en allait ;
elle me reconnaissait pourtant et elle m'appelait à chaque instant en balbutiant mon nom.
Voyant que je ne cessais de pleurer, elle me
prenait les mains et les serrait dans les siennes, que j'essayais de réchauffer ; mais elles
restaient toujours froides. Dès que le médecin
se fut approché de ma pauvre Carducha, je
compris qu'elle était bien mal, car il dit d'appeler un barbier pour lui faire une saignée.
— Non, non, un prêtre, dit-elle distinctement
en se mettant sur son séant ; un prêtre ! je
m'en vais mourir !...

Le médecin s'en alla ; Catherine courut avertir le barbier et chercher un prêtre à la paroisse ; je restai seule avec la malade. Ah ! ma
mère ! ma mère ! je ne sais comment je ne
suis pas morte alors de saisissement et de
douleur. J'étais à genoux sur une chaise près
du lit ; la Carducha tenait mes mains dans ses
mains, qui étaient toutes raides et froides ;
elle me fit signe d'approcher encore et mit sa
tête sur mon épaule. Elle voulait parler, mais

quelque chose liait sa langue ; ce fut à grand'-
peine qu'elle me dit entre plusieurs pauses :
Christine , il ne faut pas rester seule ici après
moi.... Allez aux Carmélites.... demandez à
votre mère où vous devez vivre.... J'ai peur
pour vous !... craignez Dieu, mon enfant !...
je serais responsable devant lui de toutes vos
fautes.... Ai-je bien rempli toutes mes obligations ?.... Mon Dieu ! quel terrible compte j'ai
à vous rendre ! — Ma bonne Carducha , lui
dis-je en pleurant, que vous reprochez-vous
donc ? J'étais seule au monde ; mon père, je ne
l'ai pas connu ; ma mère est comme morte
pour moi : c'est vous qui avez pris soin de mon
enfance , qui avez veillé nuit et jour sur moi
sans jamais me quitter, qui m'avez aimée... Je
me souviendrai toujours de vous et je prierai
Dieu pour vorte salut jusqu'à la fin de ma vie ;
mais vous ne mourrez pas ! Vous n'êtes pas
vieille pour mourir, vous vivrez encore long-
temps avec votre pauvre Christine.. Regardez-
moi, dites-moi si vous souffrez.... Alors elle
tourna les yeux vers moi, je crus qu'elle al-

lait me parler encore, mais ses lèvres remuaient sans que j'entendisse rien.. Tout-à-coup elle fit un grand mouvement et soupira deux ou trois fois en s'appuyant sur mon épaule, ses yeux restèrent ouverts et fixes, je ne sentis plus son haleine sur ma joue, ses mains avaient laissé aller les miennes... ma mère, elle était morte !.....

Christine se tut et pleura avec l'amertume d'un profond désespoir ; de l'autre côté de la grille, derrière les plis immobiles du rideau, on pleurait aussi.

— Depuis, je suis venue ici tous les jours, reprit Christine ; j'entendais la messe dans l'église et j'y disais mes prières, puis nous retournions avec Catherine à notre petite maison de la rue des Marais. Comme elle me semble triste, depuis que j'y suis toute seule ! J'attendais le jour où il me serait enfin permis de vous parler.... Il y a plus d'un an, ma mère, que je n'étais venue...

— Un an et quatorze jours...

— Ah ! vous les aviez comptés, ma mère !...

Sœur Saint-Jean-de-la-Croix joignit les mains et continua de pleurer silencieusement derrière le rideau.

— Mais vous m'aimez donc, ma mère? reprit Christine; vous songez à moi dans votre retraite?

— En aviez-vous douté, mon enfant?...

— Vous êtes une sainte, et les saintes n'aiment que Dieu, ne pensent qu'à Dieu.

— Vous êtes après lui ce qui occupe le plus mon cœur et mon âme.

— Ma mère, que je voudrais me mettre à genoux près de vous et embrasser vos mains!

— Il faut faire à Dieu le sacrifice de ces témoignages. Mettez-vous à genoux devant lui, mon enfant, et priez-le pour moi!

— Que je voudrais vous voir, vous voir seulement une minute!... Hélas! si vous écartiez ce rideau!...

— Non, non; la règle le défend, et ce serait un péché mortel de vous montrer mon visage.

— Mais que je voie du moins quelque chose

de vous, ma mère, votre main, votre robe.

Les plis du rideau remuèrent : une main blanche et frêle dressa derrière la grille un crucifix d'ébène attaché à la dernière dizaine d'un rosaire.

— Ma mère, s'écria Christine, donnez-moi votre chapelet; cette relique ne me quittera plus.

Le chapelet glissa à travers les barreaux de la grille et tomba entre les mains de la jeune fille.

— Merci, merci mille fois, ma mère, dit-elle en le baisant. Hélas ! vous n'avez rien de moi, vous !!!

— J'ai votre image; elle ne s'est pas effacée de mon cœur durant tant d'années de pénitence. Il y a dix-sept ans passés que je ne vous ai vue, mon enfant; mais je vous ai toujours devant mes yeux, telle que je vous embrassai pour la dernière fois, toute petite, innocente et belle comme un ange du ciel.

— Et moi, je ne me souviens plus de votre visage, ma mère, ou, du moins, il se pré-

sente à ma mémoire comme une image vague
et que je ne puis saisir.... Combien de fois
j'en ai cherché la ressemblance ! Ce matin, il
me semblait l'avoir trouvée ; j'étais à genoux
dans votre église, près de la sainte table ; et
il y avait devant moi, à la droite du grand
autel, un tableau de sainte Thérèse, où il me
semblait reconnaître ces traits confus dans
mon cœur....

— Vous avez prié Dieu ce matin près de la
sainte table, mon enfant ? interrompit la Carmélite troublée d'une indicible joie.

— Oui, ma mère, à genoux ; et j'ai regardé
cette grille derrière laquelle nuit et jour vous
priez aussi.

— Ma fille ! je vous ai vue !....

— Ah ! vous me reconnaîtriez maintenant !
dit-elle en appuyant son front sur les pointes
de fer qui défendaient la grille.

Les deux écouteuses se regardèrent avec
quelque surprise ; leurs oreilles n'étaient pas
habituées au langage des terrestres affections ;
elles ne comprenaient qu'à demi les émotions

saintes de ces deux cœurs qui s'entendaient à travers l'infranchissable barrière du cloître.

— Je vous scandalise, mes sœurs, dit humblement sœur Saint-Jean-de-la-Croix; vous voyez que je n'ai pas encore ôté tout mon cœur au monde, et que je mérite la dernière place parmi les servantes de Jésus-Christ.

—La situation de cette jeune fille a besoin de votre sollicitude, dit tout bas sœur Madeleine-de-l'Assomption; elle est exposée aux tentations du monde, et personne n'est auprès d'elle pour l'en défendre. Est-elle belle de visage?

— Hélas! belle comme les anges, ma sœur.

— Il faut la faire entrer en religion; c'est le seul moyen d'assurer son salut.

La Carmélite frémit: par un sentiment dont elle ne se rendait pas compte, elle trouvait le sacrifice de cette jeune vie trop grand, trop douloureux; elle ne voulait pas la vouer aux terribles austérités, à la mort anticipée du couvent.

Il y eut un moment de silence, pendant lequel sœur Saint-Jean-de-la-Croix pria Dieu de l'éclairer.

— Et maintenant, ma mère, qu'ordonnez-vous de moi? dit doucement Christine.

— J'ai besoin d'y songer et de prendre l'avis de mon confesseur.

— Notre mère ne vous refuserait pas la permission de lui faire faire une courte retraite aux Carmélites, dit tout bas sœur Madeleine-de-l'Assomption.

— Quelques personnes éminentes par leur rang et leur piété ont seules obtenu, jusqu'à présent, cette faveur; je n'oserais pas la demander.

—Notre mère vous considère fort, ma sœur; et l'exemple dont vous édifiez depuis tant d'années le couvent sera récompensé dans cette circonstance. Voulez-vous que je prenne sur moi de parler à notre mère?

— Je laisse la chose à votre prudence et à votre charité, ma sœur.

— Alors, cette pauvre brebis restera parmi nous, dit la sœur Marie-de-Jésus avec un air de béatitude; quiconque a suivi notre troupeau dans la voie que lui enseigna sainte Thérèse ne s'en sépare plus.... Qui voudrait retourner au monde après avoir touché le seuil du paradis?

— Mon enfant, dit la sœur Saint-Jean-de-la-Croix, vous reviendrez jeudi prochain après Vêpres, et, si Dieu le veut, ce sera pour habiter pendant quelques jours cette maison. Il y a un appartement réservé aux personnes séculières qui obtiennent la permission de faire une retraite parmi nous. Sans prendre l'habit, sans faire aucun vœu, elles vivent pendant quelque temps avec les Carmélites, et pratiquent la règle. C'est une austère pénitence, mon enfant. Maintenant, allez, et que Dieu soit avec vous !

— Je reviendrai, ma mère, dit Christine avec exaltation, et qui sait?.... peut-être pour toujours.

IV.

Quelques jours plus tard, Christine arriva au couvent des Carmélites pour y passer une semaine dans la retraite. Une vieille servante l'accompagnait et portait un petit paquet de hardes à l'usage de sa maîtresse. L'entrée du couvent était dans la rue d'Enfer ; une porte ronde, au-dessus de laquelle il y avait une croix, précédait le guichet.

Christine sonna avec un violent battement de cœur ; il lui semblait que ceci était le premier pas vers une nouvelle vie, une barrière qui allait la séparer du reste de la terre.

La tourière montra son visage derrière une grille d'un pied en carré.

— Je suis mademoiselle de Mazara, dit Christine. Un bruit de clef annonça qu'elle avait été entendue. Au bout de deux minutes, la porte s'ouvrit.

— Adieu, ma bonne Catherine, dit la jeune fille en prenant son paquet des mains de sa servante. Adieu, reviens dans huit jours.

Elle entra ; la porte retomba lourdement derrière elle, et la tourière lui fit signe d'avancer. Elles suivirent un long corridor mal éclairé, et montèrent par le grand escalier à la cellule de la prieure.

Christine, toute tremblante et son paquet sous le bras, s'arrêta au seuil de la porte. L'aspect de ce sombre lieu, de ces visages austères, agissait sur ses sens et sur son imagination ; elle se sentait froid dans les veines, et une invincible tristesse lui faisait venir les larmes aux yeux.

— Ma fille, dit la prieure à voix basse et sans lever le regard, soyez la bienvenue.

Que Jésus soit avec vous ! Sœur Marthe, conduisez cette demoiselle dans la cellule de sainte Rose de Lima.

Christine allait remercier la prieure de la permission qu'elle lui donnait d'habiter quelques jours le couvent ; mais celle-ci, mettant un doigt sur ses lèvres, lui fit signe de se taire, et reprit doucement :

— Allez, ma fille ; dans un quart d'heure nous descendrons au chœur.

Il était alors environ huit heures du matin, et il régnait un si profond silence dans la maison, qu'on eût douté si quelque créature vivante l'habitait. Il n'y avait personne dans l'escalier ni dans les corridors, où le bruit des pas retentissait comme pendant la nuit, lorsque tout est enseveli dans le sommeil.

La tourière conduisit Christine dans une cellule dont la fenêtre donnait sur le grand jardin. Sœur Madeleine-de-l'Assomption y attendait la nouvelle venue.

— Ma fille, dit-elle en fermant la porte,

ceci est votre lit, ceci est votre prie-Dieu, et ceci votre cellule; vous êtes Carmélite pour huit jours. J'ai été dispensée du silence par notre mère, qui m'a commandé de vous diriger dans vos exercices de piété et de vous faire suivre la règle. Je la sais de point en point; il y aura quarante et un ans pour la saint Michel que je la pratique.

Celle qui parlait ainsi avait une de ces figures blanches et calmes qui annoncent une inaltérable tranquillité d'âme. Elle était déjà vieille, mais la maigreur et les rides n'allaient point mal à ses traits, à son habit; elle représentait à l'imagination une de ces saintes qui fondèrent ou réformèrent les grands ordres religieux.

— Madame, dit Christine les larmes aux yeux, ne vais-je pas voir ma mère?

— Vous la verrez au chœur; et dimanche, à l'heure de la récréation, vous pourrez lui parler.

— Dimanche seulement!....

— Ce n'est que le dimanche que les Carmé-

lites sont dispensées du silence sans une permission expresse de la prieure.

Ma fille, ajouta-t-elle en tirant quelques
livres du prie-Dieu, voici le formulaire à notre usage, l'Office de la nuit pour les grands
et petits solennels, le livre des Psaumes et le
Guide des pécheurs : ce sont nos lectures.

—Et ceci, qu'est-ce donc, madame? dit Christine en montrant dans le prie-Dieu une espèce
de fouet à cinq lanières, au bout de chacune
desquelles il y avait une boulette de plomb.

—C'est la discipline, mon enfant; mais
vous en êtes dispensée. Vous ne porterez pas
non plus le cilice; je vais le remettre au vestiaire.

La religieuse prit à côté de la discipline une
espèce de chemise en crin fort rude et assez
semblable à ces couvertures grossières qu'on
met sur le dos des bêtes de somme. Christine
frémit.

— Le cilice! s'écria-t-elle, le cilice !... l'a-
vez-vous porté, madame?

— Quelquefois un carême tout entier ;

mais je m'y habituais, et alors ce n'était plus
une pénitence. Notre-Seigneur m'a fait bien
des grâces! Sœur Saint-Jean-de-la-Croix porte
le cilice pendant des mois entiers, quand on
le lui permet.

— Ma mère aussi! dit Christine à voix basse
et les yeux pleins de larmes.

Elle s'assit sur son lit, et, ne pouvant plus
retenir les sanglots qui l'oppressaient, elle
pleura amèrement.

— Pardon, pardon, madame, disait-elle en
passant ses mains sur ses yeux, je ne suis pas
encore appelée à votre sainte vie.... il y a quelque chose en moi qui se révolte contre ses austérités.... j'éprouve comme une sorte de terreur....

— Ceci n'est rien, ma fille, dit la religieuse
avec bonté, ne vous alarmez pas de ces combats que la chair livre à l'esprit; nous les
avons toutes ressentis en entrant ici, mais la
grâce de Dieu les a bientôt vaincus.

Voilà le dernier coup de la messe qui sonne;
venez, descendons au chœur.

Les religieuses passaient dans le corridor, silencieuses comme des ombres; le voile noir retombait sur leur visage, et il était difficile de reconnaître quelqu'un sous ces habits uniformes. Christine chercha vainement sa mère; elle ne la devina point parmi toutes ces têtes immobiles et baissées. Sa place au chœur se trouva derrière toutes les autres, à côté de la sœur Madeleine-de-l'Assomption.

On tira les rideaux, le prêtre monta à l'autel, et la messe commença. Un faible jour régnait dans le chœur des religieuses; on ne voyait que deux immenses croix de bois sur ses murailles nues; toutes les Carmélites agenouillées laissaient traîner sur les dalles leurs longs habits noirs et blancs.

De l'autre côté de la grille, l'or, le marbre, les fleurs, avaient de brillans reflets; un jour éclatant environnait l'autel; un air plus tiède s'y imprégnait de suaves parfums.

L'âme tout entière de Christine retourna au-delà des barrières du cloître; elle sentit une horreur profonde pour cette vie étroite, som-

bre, immobile. Elle pleurait en songeant que
sa mère s'y était dévouée, et malgré son admiration pour ce grand sacrifice, elle eût voulu
le racheter au prix de la moitié de ses jours,
elle eût voulu ramener avec elle parmi les vivans celle qui lui semblait morte dans ces immenses tombeaux.

—Oh! vivre libre, dans les champs, à l'air,
au soleil! murmura la jeune fille; puis, repentante de cet ardent désir et craignant d'a-
voir péché devant Dieu, elle se mit à suivre
dévotement la messe. A côté d'elle, la sœur
Madeleine-de-l'Assomption marmottait ses
oraisons, baisait la terre, se relevait, se signait
et frappait sa poitrine machinalement. Son
esprit n'était pas là; il n'était pas ailleurs non
plus : il sommeillait engourdi par une longue
habitude; toutes les vieilles religieuses avaient
ainsi plié corps et âme sous le joug de leur
état, il ne leur pesait plus. Les jeunes en suivaient les austères obligations avec des élans
de piété, des retours passagers vers le monde,
des extases, des dégoûts, des scrupules et des

combats qui souvent les brisaient. Quelques-
unes, celles qui avaient beaucoup aimé, beaucoup souffert, comme la sœur Saint-Jean-de-
la-Croix, se reposaient en Dieu et pratiquaient
les devoirs de la vie religieuse avec une tendre
et inaltérable ferveur.

V.

— C'est l'heure de la récréation, dit la sœur Madeleine-de-l'Assomption , en sortant du chœur après avoir offert l'eau bénite à Christine du bout de ses longs doigts pâles ; nous allons au petit jardin.

Un cloître, dont la voûte était soutenuè par des arceaux à plein cintre, environnait la cour gazonnée qui servait de promenade ordinaire aux religieuses. A l'une des extrémités de cette sombre galerie, il y avait un autel dédié à sainte Thérèse. La fondatrice des Carmélites déchaussées était représentée au-dessus de

l'autel : elle adorait à genoux un ange descendu dans sa cellule. La céleste apparition était
comme voilée dans un nuage; sa tête, ses
blonds cheveux, ses blanches ailes, semblaient
près de s'effacer, comme ces ombres qu'un jeu
d'optique projette quelquefois vaguement co-
loriées aux vitres d'une chambre. La sainte,
d'une beauté plus terrestre, resplendissait
d'amour et de foi; une joie craintive animait
son regard; elle avançait ses mains jointes
comme pour retenir la vision divine. L'autel
était paré d'une simple nappe blanche; il n'a-
vait ni riches candelabres, ni ornemens d'or
ou de soie; mais les Carmélites l'environnaient
incessamment de fleurs, qui levaient contre
le mur humide leur calice frais et parfumé :
c'était comme une guirlande jetée sur les
pierres d'un caveau funéraire.

Quatre jeunes marronniers ombrageaient le
jardin; leurs branches vigoureuses formaient
un dôme de sombre verdure semé de fleurs en
grappes. Il faisait toujours froid sous ces arbres:
on eût dit que les Carmélites avaient voulu se

priver, jusque dans leurs courts instans de récréation, des clartés et de la chaleur du soleil.
De grandes bordures de buis encadraient les
plates-bandes où croissaient sans culture des
lis, des narcisses, des violettes.

Au fond du jardin, il y avait une niche ar-
rangée en forme de grotte marine. Au milieu
des coquillages, des rocailles, reposait la statue de la Madeleine. On n'avait oublié ni la
croix, ni la tête de mort; et ces emblèmes
véritables produisaient les plus lugubres effets
dans les mains de cette figure de pierre.

La sœur Madeleine-de-l'Assomption passa
familièrement son bras sous celui de Christine,
et l'emmena le long du cloître et dans le jardin.

— Ma fille, dit-elle, je suis vieille; allons,
soutenez-moi. Nous pouvons parler, je vous
nommerai nos sœurs à mesure que nous les
rencontrerons; ce sont toutes des saintes. Ah!
cette maison donne des grâces particulières:
la bénédiction est sur elle depuis sa fondation.
Je suis des anciennes, et je puis dire les faveurs
signalées qu'elle a reçues de Dieu durant plus

de quarante ans. J'ai été témoin de cent seize
prises d'habit ; nous en eûmes quatorze en
l'année du siége de Paris : il y avait alors tant
de personnes à qui les malheurs de la guerre
venaient de ravir tous les objets de leurs attachemens terrestres ! La dernière entrée en
religion est cette sœur qui arrange là-bas des
bouquets pour l'autel de sainte Thérèse ; on
l'appelle Marie-de-Jésus.

— Et ma mère ? je ne saurais la reconnaître,
dit Christine en regardant toutes ces religieuses
qui se promenaient silencieusement dans le
jardin, les unes dans l'attitude d'une oraison mentale, les autres lisant ou récitant le
rosaire.

— Sœur Saint-Jean-de-la-Croix doit être
assise près de la grotte ; c'est sa place ordinaire.

— Sur ce banc de pierre ?.... devant la Madeleine ?.... ah ! je la vois ! Qu'elle est belle,
ma mère !

La jeune fille avait pâli, ses genoux ployaient ;
elle s'appuya contre l'un des arceaux. A vingt
pas d'elle, sœur Saint-Jean-de-la-Croix, les

mains jointes, le regard fixe, la considérait
avec une sorte d'extase.

— Allons nous asseoir près de ma mère : ne
le permettez-vous pas, madame ? dit Christine.

— La règle ne défend pas qu'on soit plusieurs sur le même banc pendant la récréation ; mais vous ne parlerez qu'à moi, ma
fille.

— Ma mère pourra du moins nous écouter ?

— Cela n'est pas expressément permis par
la règle ; mais on le tolère.

Toutes deux allèrent vers la sœur Saint-
Jean-de-la-Croix : elle se mit silencieusement
au bout du banc pour leur faire place, et prit
son rosaire comme pour prier. En ce moment,
malgré sa piété sincère et sa docile résignation,
Christine sentit en son âme un mouvement
d'impatience et d'horreur pour la règle, pour
cette puissance inexorable, dont le bras de fer
était tendu entre elle et sa mère. Elle frémit,
et des pleurs mal retenus roulèrent sous ses
paupières baissées ; une mortelle pâleur se répandit sur ses traits, et elle mit une main sur

son cœur, comme pour en comprimer les mouvemens.

— Ma fille, dit la bonne sœur Madeleine,
vous souffrez.... Ah! je vois ce que c'est; vous
n'êtes pas habituée au jeûne, vous avez faim....
Patience! il est bientôt midi : on va au réfectoire dès que l'Angelus est dit.

Sœur Saint-Jean-de-la-Croix avait mieux
compris cette pâleur et ces larmes; elle sourit
doucement à sa fille avec un geste de pieuse
résignation.

— Vous serez bientôt accoutumée au jeûne,
reprit sœur Madeleine; c'est une pratique
facile et aussi bonne pour la vie corporelle que
pour la vie spirituelle : il faut seulement éviter
avec grand soin le péché de sensualité, lorsque
l'on prend le premier repas de la journée : je
me suis souvent confessée d'avoir dîné avec
trop de plaisir.

— Mais, madame, on dit que les Carmélites
ne mangent que des racines cuites à l'eau, des
légumes secs, des fruits et du fromage.

— Sans doute; mais c'est si bon, des ca-

rottes bouillies! Jésus! Marie! voilà que je
tombe dans le péché de gourmandise. L'eau
m'en est venue à la bouche.... ce n'est qu'un
péché véniel : il est si près de midi.... parlons
d'autre chose.... N'êtes-vous pas fort édifiée,
ma fille, de tout ce que vous voyez ici?

— Je suis fort humiliée de me trouver si en
arrière d'une telle perfection : je suis une personne bien mondaine, madame.

— Nous avons toutes commencé comme
cela.

— Quoi! vous avez eu au cœur d'autres
pensées que celle de Dieu? vous avez aimé tout
ce qu'aiment les jeunes filles? Quand le soleil
est chaud, par un beau jour d'été, vous pre-
niez plaisir à aller au bois de Vincennes vous
asseoir sous les arbres et cueillir des branches
de lilas; ou bien le dimanche, après Vêpres, à
vous promener dans ce beau jardin des Tuileries tout rempli de dames en robes à queue,
de cavaliers aux longues moustaches retrous-
sées; ou le soir, au bord de l'eau, en face du petit
jardin du Louvre, vous aimiez à respirer l'air

embaumé par les orangers, l'air libre, et à marcher ensuite devant vous tant que vous vouliez?

— Oui, ma fille, autrefois, il y a bien longtemps, j'ai pu me complaire dans ces mondaines satisfactions; j'ai aimé les promenades, les conversations, la parure; j'ai aimé le bal. C'est beau, le bal! De tous les piéges que le démon tend aux jeunes filles, c'est le plus séduisant et dangereux. Eh bien! j'ai vu le néant de ces vanités au fond desquelles tout n'est que cendre et poussière : j'ai quitté le monde pour suivre Jésus-Christ, et je suis entrée ici, sans jeter seulement un regard d'adieu sur ce que je laissais de l'autre côté de la porte de clôture.

— Vous n'y laissiez pas votre mère? dit Christine avec un soupir.

— Non, elle était morte, et j'avais une marâtre. Elle est morte aussi. Depuis vingt ans je dis tous les jours un *De profundis* à son intention. Je ne prie pas pour ma mère; elle n'en a pas besoin; c'est une sainte de plus dans le ciel.

— Et jamais, madame, vous n'avez ressenti de douleur et d'effroi en regardant cette porte de clôture dont on ne passe pas deux fois le seuil?...

— Non, ma fille ; et si elle s'ouvrait, ce qui n'arrivera qu'à la consommation des siècles, aucune Carmélite ne voudrait retourner vers le monde qu'elle a quitté.

— Vous croyez? dit Christine pensive et les yeux fixés sur sa mère.

Sœur Saint-Jean-de-la-Croix continuait de prier, le regard baissé, son rosaire entre les doigts ; ses joues étaient animées d'un faible incarnat ; une joie mélancolique donnait à ses traits une nouvelle expression ; elle inclinait son front comme dans un profond recueillement, mais c'était le geste d'une involontaire attention. Ainsi penchée, avec son bandeau, son voile noir, elle ressemblait à l'abbesse du Paraclet, à la belle Héloïse priant pour Abeilard, dans les extases d'un amour aussi ardent et moins chaste. Sa fille, assise à côté d'elle, la contemplait avec une muette émotion ; sœur Madeleine-de-l'Assomption continuait de parler à demi-voix pour profiter de la permission.

Les autres religieuses passaient devant ce groupe en jetant un regard furtif, et continuaient lentement leur promenade autour du jardin. Il y en avait qui marchaient pendant toutes leurs récréations dans ce cercle éternel ; elles faisaient ainsi chaque jour une lieue sans quitter le cloître.

L'Angelus sonna; au premier coup toutes les religieuses s'en allèrent vers l'autel de sainte Thérèse, et, s'agenouillant sur les dalles, elles récitèrent, en étendant leurs bras en croix, les *Ave Maria*.

VI.

Le réfectoire des Carmélites n'avait qu'une immense table à laquelle mangeaient toutes les religieuses. Quelques sœurs converses, ou du voile blanc, comme on les nommait, faisaient le service. Les repas duraient une demi-heure, et c'était trop encore pour ce qu'on y prenait.

Christine s'assit au bout de la table : on y avait mis son couvert; c'était un gobelet d'é-tain, une cuillère de bois et un couteau ar-rangés en croix sur une serviette de toile écrue. Après qu'elle eut récité avec les reli-

gieuses un long *Benedicite*, une sœur du voile
blanc mit devant elle un petit pain rond, une
écuellée de soupe et une pomme.

— Mangez donc, ma fille, lui dit la sœur
Madeleine-de-l'Assomption, la soupe est dé-
licieuse. Christine essaya ; mais elle avait le
cœur trop oppressé d'émotion et de tristesse
pour pouvoir dîner tranquillement. Son attention était d'ailleurs trop préoccupée de ce
qu'elle voyait et de ce qu'elle entendait. Une
religieuse assise au milieu du réfectoire faisait
à haute voix la lecture des Actes des apôtres.
Les sœurs écoutaient et mangeaient silencieusement la tête baissée ; en un quart d'heure
elles eurent fini ; véritablement il ne resta
rien : leur table n'était pas comme celle du
mauvais riche, et les miettes qui en tombaient
n'eussent pas empêché un pauvre de mourir
de faim.

Avant de dire les grâces, la prieure se leva
et prit un livre sur la table ; c'était l'Apocalypse
de saint Jean. Elle l'ouvrit au hasard pour
donner le sujet de la méditation, et tomba sur

ce passage du neuvième livre : « Je vis une
« étoile qui tomba du ciel ; elle apportait les
« clefs du puits de l'abîme. Lorsque le puits
« fut ouvert, il en sortit une fumée si noire,
« si épaisse, que le jour s'obscurcit ; elle en-
« gendrait de grandes sauterelles horribles à
« voir. Elles ne touchaient ni aux arbres, ni aux
« herbes, ni à aucun bien de la terre ; mais elles
« attaquaient les hommes qui ne portaient
« point la marque de Dieu sur le front ; et les
« hommes cherchaient la mort sans la pouvoir
« trouver. Ces sauterelles ressemblaient à
« des chevaux armés pour le combat ; il sem-
« blait qu'elles eussent des couronnes d'or
« sur la tête et des visages humains. Elles
« avaient des cheveux comme les femmes et
« des dents pareilles aux dents des lions.
« Leurs ailes faisaient un bruit comme celui
« des chevaux et des chariots dans une ar-
« mée ; leurs queues noires se dressaient avec
« un dard semblable à celui du scorpion, et
« piquaient à mort. »

La prieure lut d'une voix lente et monotone

cette lugubre vision de l'apôtre. Christine,
étonnée de ces étranges paroles dont le sens
obscur lui échappait complètement, interrogeait du regard la sœur Madeleine-de-l'Assomption.

Au dernier mot, toutes les religieuses se
levèrent et commencèrent les grâces. Christine avait encore devant elle sa pomme et son
écuellée de soupe.

— C'est fini, lui dit la sœur Madeleine; vous
n'avez plus le temps de dîner : ce soir vous
ferez collation; c'est vendredi, nous aurons
du fromage et de la salade.

— Je n'ai pas faim, dit tristement Christine.

— Cela viendra : ici l'on ne mange guère
pendant les premiers jours; mais on s'habitue bientôt à notre pain sans sel, à notre
soupe maigre; je n'en voudrais plus d'autre, tant j'y ai pris goût. Dans l'espace de
quarante ans je n'ai été que deux fois à l'infirmerie, où l'on m'a donné du bouillon, et je
puis dire que je l'ai pris en esprit de péni-

tence. Maintenant, ma fille, nous allons faire la méditation dans nos cellules; j'ai la permission de vous emmener dans la mienne.

— Ne pourrai-je jamais entrer dans celle de ma mère? dit timidement Christine.

— Il faudrait une permission expresse de notre mère, mon enfant; je la demanderai pour dimanche.

— Que vous êtes bonne, madame!

— Pas si bonne que je le voudrais et qu'il faudrait l'être selon Dieu, mon enfant; mais que voulez-vous?... Toutes ici-bas ne sont pas appelées à la perfection.

Toutes les religieuses allèrent s'enfermer dans leur cellule; Christine suivit sœur Madeleine de l'Assomption. En passant dans le corridor, elles virent sœur Marie-de-Jésus agenouillée et les bras en croix devant une image du Christ.

— C'est une sainte! dit pieusement sœur Madeleine; elle pratique des austérités inouïes. Depuis un an qu'elle est dans la maison, elle porte continuellement le cilice. Une fois, con-

sidérant la soif extrême que Jésus souffrit sur
la croix, elle a passé six semaines ne buvant
qu'un demi-verre d'eau chaque jour....

— Ah! mon Dieu! quelle horrible pénitence!

— Elle en ferait encore de plus rudes si notre mère ne s'opposait à son zèle. Elle a un
extrême dégoût du monde, et c'est pour elle
une mortification de descendre au parloir.

— Elle n'a donc point de famille?

— Son frère le duc de Candale était l'unique objet de ses affections terrestres; il est
mort depuis peu : elle ne cesse de prier pour
lui ; ce n'était pas un saint! Que Dieu lui fasse
miséricorde!... Allons, ma fille, mettez-vous
à genoux et faites la méditation ; vous en avez
pour une heure.

— La méditation! sur quel sujet dois-je
méditer, madame? sur la mort? sur le jugement? Quelles terribles vérités, et qu'on les
comprend bien ici!...

— Il faut méditer sur le passage de l'Apocalypse que nous a lu notre mère.

— Je ne l'ai pas compris, madame ; ce sont

d'horribles images, comme on en voit quelquefois dans les mauvais rêves.

—Il y a un sens caché dans ces paroles,
mon enfant. Les sauterelles monstrueuses qui
dévorent les méchans signifient les souffran-
ces horribles que Dieu réserve à ceux qui ne
marchent pas dans ses voies. Le puits de l'a-
bîme, c'est l'enfer où l'on souffrira. La clef
tombée du ciel, c'est la mort qui ouvre les
portes de l'éternité. Prions et méditons, ma
fille, car le jugement approche.

La sœur Madeleine dit ces paroles avec la
même sérénité que s'il eût été question des
plus frivoles intérêts de ce monde. Elle croyait
cependant très-fermement à l'enfer, mais à
force d'y songer elle n'en avait plus peur.

Christine se mit docilement à genoux et
essaya de penser aux peines éternelles de l'autre vie, à ce gouffre sans fond où la justice divine précipite les méchans, au feu que le diable attise pour les dévorer ; mais ces lugubres
images ne faisaient que passer dans son imagination : elle regardait involontairement

autour d'elle, et, au lieu d'une fournaise toute
pleine de mouvement, de cris et de bruits effroyables, elle se représentait l'enfer comme
une vaste tombe, silencieuse, sombre et glacée
comme le couvent des Carmélites.

Elle se tourna vers la fenêtre de la cellule,
qui donnait sur le grand jardin, et, en apercevant les arbres, la verdure, le ciel, l'espace
devant elle, un peu de courage et d'espoir lui
revint au cœur. Mais en se souvenant que
sa mère ne retournerait jamais au monde, à
la liberté, un regret profond brisa toutes ses
espérances; il lui sembla qu'elle aussi devrait
s'ensevelir dans ce cloître où était pour toujours l'unique affection qu'elle eût sur la terre.

Au bout d'une heure, la cloche rappela les
religieuses au chœur pour l'office du soir;
elles psalmodièrent vêpres et complies; puis
une sœur lut à haute voix la Vie des saints. Ce
n'étaient plus les paroles mystérieuses, les images fantastiques de l'Apocalypse, mais un récit
simple, rapide, saisissant, terrible. Quelles vi-
vantes et austères leçons! quels exemples pour

des âmes croyantes! La légende de ce jour rapportait la vie du bienheureux saint Jean-de-la-Croix : c'était le patron que Laure de Novès avait choisi et dont elle avait pris le nom à son entrée en religion ; elle en célébrait la fête par de plus longues prières et de plus dures mortifications.

Christine écoutait cette lecture le regard morne et baissé, l'âme accablée de tristesse. Bien qu'elle fût pleine de foi, son instinct se révoltait contre les terribles pénitences qu'elle entendait raconter; involontairement elle les trouvait inutiles et cruelles.

Le bienheureux saint Jean-de-la-Croix, disait la légende, était né en Espagne d'une famille noble et pauvre. A vingt ans il entra dans le couvent des Carmes de Medina del Campo. Ce n'était pas assez pour la ferveur du jeune novice de pratiquer rigoureusement la règle; il voulut combattre ses passions par de plus rudes austérités. La cellule, le lit étroit, l'habit de bure, lui semblèrent encore de trop grandes recherches; il craignit d'accorder à

ses sens trop de satisfactions, et lui-même ré-
forma sa vie, ne lui donnant que ce qu'il fallait
pour ne pas mourir. Il y avait , à l'extrémité du grand dortoir, un bouge obscur où
les frères lais tenaient leurs balais : Jean-de-
la-Croix s'y fit un lit en forme de cercueil;
une petite lucarne, pratiquée dans le toit,
donnait du jour à ce réduit où l'on n'eût pas
voulu faire coucher un chien sans y mettre
un peu de paille. Le saint tissa de ses mains un
cilice armé de pointes qui, au moindre mouvement, piquaient et meurtrissaient sa peau.
Il jeûnait toute l'année, et aux vigiles il ne
mangeait que quand le soleil se couchait. Mais
c'était surtout dans la pratique des mortifications spirituelles qu'il excellait : souvent il
observait le silence absolu durant des mois
entiers, et il faisait douze heures d'oraison
chaque jour sans la moindre distraction. Le
bruit d'une piété si extraordinaire se répandit
bientôt, et sainte Thérèse, qui s'occupait pour
lors de la réforme des Carmélites, voulut voir
le frère Jean-de-la-Croix; il vint la visiter.

Alors, avec l'autorité que lui donnait sa grande réputation, elle commanda au saint religieux de travailler avec elle à la réforme de l'ordre du Mont-Carmel, lui montrant le bref du pape qui autorisait son entreprise. Jean-de-la-Croix obéit, et dès ce moment il joignit les fatigues de l'apostolat aux austérités de sa vie contemplative; cette vie fut un long martyre qui finit comme elle avait commencé, sur la cendre et la paille, dans une étroite cellule du couvent de Medina del Campo.

Ce récit lugubre, mêlé d'invocations et de réflexions pieuses, épouvanta la conscience de Christine; elle eut peur de la répugnance impie qu'elle éprouvait devant ce modèle de sainteté. Mon Dieu! criait une voix au fond de son âme; mon Dieu! toujours prier, pleurer, souffrir! vivre toujours dans les ténèbres glacées d'une cellule!.... Mais alors, pourquoi créâtes-vous la terre si vaste, le ciel si beau? Pourquoi tant de bien à notre portée?.... Mon Dieu! êtes-vous juste?.... Puis, craignant d'avoir blasphémé, elle priait d'un

cœur contrit et s'excitait à une meilleure
vocation.

En quittant le chœur, les Carmélites se ren-
dirent à l'ouvroir : c'est ainsi qu'on nommait la salle de travail, et chaque religieuse
commença sa tâche. Les robes, les manteaux,
les guimpes, les voiles, les scapulaires, se
faisaient là. Au milieu de ce pêle-mêle d'é-
toffes blanches et noires, Christine remarqua
avec surprise une robe de satin incarnat admirablement brodée; de grandes rosaces violettes en couvraient le fond, et des bouquets
d'une délicate nuance en faisaient la bordure.

— Madame, dit tout bas la jeune fille à
sœur Madeleine, qu'est-ce donc que ceci? un
habit si riche parmi ces habits de serge!....

—C'est la robe que quitta mademoiselle d'É-
pernon en prenant l'habit de Carmélite. La
novice, avant de recevoir le voile blanc, met
pour la dernière fois les riches vêtemens
qu'elle portait dans le monde; elle paraît
ainsi dans le chœur avec tout l'éclat des vanités mondaines, mais c'est pour les dépouil-

ler bientôt et prendre la livrée de Jésus-Christ.
Elle donne à notre église cette riche parure,
et nous en faisons des ornemens d'autel. La
robe de mademoiselle d'Épernon est si ample,
que l'on en fera une chasuble, une dalma-
tique, une étole, une custode, et peut-être
même une pale; on trouva tout cela dans la
mienne, qui était de satin vert rebroché d'argent.

— Et celle de ma mère, dit tristement
Christine, vous en souvenez-vous, madame?

— Oui, sans doute, je m'en souviens : un
corps de jupe blanc, et par-dessus un manteau de deuil, noir et violet.

— Hélas! elle était veuve, murmura Christine en se souvenant de ce que la Carducha
lui avait dit des malheurs de sa mère.

Sœur Saint-Jean-de-la-Croix, assise dans
l'embrasure d'une fenêtre, travaillait, sans
lever les yeux, à un voile de novice; peut-être
eut-elle vaguement la pensée qu'il servirait à
sa fille, car deux ou trois fois des larmes tom-
bèrent sur son ouvrage.

Au bout de deux heures, la cloche sonna encore.

— C'est la collation, fit sœur Madeleine avec une certaine joie, nous allons au réfectoire maintenant : vous devez avoir faim, mon enfant, et vous ferez un bon petit repas. C'est la sœur Brigitte qui est de semaine ; elle fait la cuisine comme sainte Marthe.

— Est-ce que sainte Marthe s'entendait à cela, madame ? dit Christine un peu étonnée de la comparaison.

— Sainte Marthe ! la sœur du bienheureux saint Lazare ! n'en doutez pas, ma fille, notre Seigneur a dîné dans sa maison, et c'est elle qui fit la cuisine.

VII.

A la nuit close, après une longue prière faite en commun, les religieuses rentrèrent dans leurs cellules : Christine les vit, chacune leur lampe de terre à la main, comme les vierges sages, marcher lentement le long du grand dortoir, et disparaître en se faisant mutuellement un signe de tête.

— Ma fille, dit la sœur Madeleine en reconduisant Christine, vous allez dormir à présent : nous ne nous lèverons que dans trois heures pour l'office de la nuit; n'éteignez pas votre lampe. Que Dieu soit avec vous!

Elle s'en alla en fermant la porte, et Christine

resta debout au milieu de sa cellule, sa lampe
à la main : alors un torrent de larmes trop
long-temps contenues coula de ses yeux.

— Ah! mon Dieu! mon Dieu! dit-elle en se
laissant aller sur son prie-Dieu ; c'est ici qu'il
faudra vivre, si je veux être près de ma mère...
Mais suis-je donc avec elle?... Est-ce vivre
ensemble, de ne se pouvoir parler, de n'oser
presque se regarder?... Ah! ma pauvre Carducha avait raison de pleurer en songeant à
ma mère!... Mon Dieu! donnez-moi votre
grâce! faites que ma vocation soit d'être Carmélite!... ou bien changez mon sort! Mais
vous ne le pouvez pas, mon Dieu! Par quel
miracle ma mère pourrait-elle passer la porte
de clôture? c'est une mort dont on ne revient
pas! Vous avez ressuscité le Lazare, mon Dieu;
mais vous ne ressusciterez pas ma mère!...

Elle pleura long-temps ainsi, la tête appuyée
sur le prie-Dieu ; puis peu à peu ce désespoir
se calma, et la pauvre jeune fille jeta autour
d'elle un regard triste et effrayé.

La lampe jetait ses vacillantes clartés sur

l'étroit espace enfermé entre quatre murs blanchis à la chaux. L'imagination n'y pouvait voir ces fantômes qu'elle se crée dans les ténèbres, qu'elle trouve dans les formes incertaines qui apparaissent au loin ; mais cette tête de mort, dont les yeux creux semblaient la regarder, faisait peur à Christine. Elle songeait avec terreur qu'un jour sa tête si jeune ressemblerait à cette triste relique ; elle passait les mains sur son front, sur ses joues, et le néant de sa vie, de sa beauté, la frappait d'épouvante.

Enfin, ne pouvant plus supporter ces pensées horribles, elle se leva et cacha de son mantelet la tête de mort.

Au-dessus du prie-Dieu il y avait une image de sainte Rose de Lima : c'était une gracieuse figure de femme vêtue en religieuse et couronnée de roses ; des livres, des fleurs, des tableaux, ornaient sa cellule, et à travers la fenêtre on voyait un lointain paysage.

Christine demeura en contemplation devant cette image ; il lui semblait qu'elle prononce-

rait sans effroi les vœux qui l'enfermeraient à
jamais dans une riante cellule qui aurait vue
sur les champs , où la mort ne serait pas partout présente ; elle répétait tout bas ce nom de
sainte Rose de Lima : il était doux à son oreille,
elle l'invoquait avec plus de confiance que
celui de ces saintes couvertes de cilices et cou-
ronnées d'épines.

Un léger coup frappé à la porte de sa cellule
l'arracha tout-à-coup à cette méditation ; un
nuage passa sur ses yeux , elle pâlit et son
cœur bondit de joie , car elle crut reconnaître
la voix de sa mère qui lui disait doucement
à travers la serrure : Ouvrez ! ouvrez-moi !

Elle se hâta de tirer le verrou qu'elle avait
mis en dedans et avança la main ; une religieuse entra, ce n'était pas sœur Saint-Jean-
de-la-Croix.

— Au nom du Ciel ! fit-elle en mettant un
doigt sur sa bouche, parlez bas , mademoiselle ; la sœur surveillante est dans le dortoir
d'en haut , mais elle va revenir. Ah ! il faut
que je vous parle cette nuit , cette nuit même !

Christine referma doucement la porte et fit signe à la religieuse de s'asseoir sur le lit. En ce moment, des pas retentirent le long du corridor : c'était la sœur surveillante qui descendait ; elle passa en récitant ce verset des psaumes : *Quoniam defecit in dolore vita mea et anni mei in gemitibus.*

— Oui, dit la Carmélite en jetant autour d'elle un sombre regard, ici la vie passe dans une continuelle douleur, les années se consument dans les larmes !

Celle qui parlait ainsi était jeune ; ses traits, sur lesquels le voile blanc de novice jetait un pâle reflet, avaient une expression mélancolique et passionnée qui en faisait tout le charme ; ses yeux, d'un bleu indécis, étaient doux ; ses lèvres minces et décolorées s'entr'ouvraient avec un sourire toujours souffrant.

— Mademoiselle, dit-elle en prenant la main de Christine, vous n'êtes pas ici pour toujours ; bientôt, demain peut-être, vous en sortirez !... Oh ! vous pourriez me rendre un grand service ! Le voudrez-vous ?

—Oui, madame, répondit vivement Christine, oui, n'en doutez pas.

La Carmélite la remercia d'un regard, et, portant une main à son front, elle dit : —En vous voyant, j'ai espéré en vous ! Mon Dieu ! mes idées se troublent ! je ne sais comment vous expliquer tout ce que j'ai là !... Ici on perd l'habitude de parler ! j'y suis depuis dix-sept mois !...

Puis, s'animant par degrés, elle reprit : —Si vous êtes venue dans cette maison avec le dessein de vous faire Carmélite, ne vous fiez pas à votre vocation !... Sortez avant de prendre l'habit ! Si vous saviez ce que c'est qu'une mauvaise religieuse !... Je serai une mauvaise religieuse si l'on me force à faire les derniers vœux !...

—Si l'on vous force ! interrompit Christine; mais toutes les sœurs ne sont-elles pas entrées ici de leur plein gré ?

—Oui, elles y sont entrées de leur plein gré, poussées par une fausse vocation ; mais souvent c'est à regret qu'elles y sont restées !

Vous ne savez pas ce que c'est que le respect humain, la vaine gloire, qui font qu'on n'ose pas retourner sur ses pas, déclarer à la face du monde qu'on ne peut renoncer à lui! beaucoup d'esprits faibles sont frappés de cette crainte et n'osent pas renier leur première résolution. Ah! je l'oserais, moi! mais je ne le puis si vous ne m'aidez dans mon dessein.

— Comptez sur moi dans tout ce que je pourrai pour vous servir, dit Christine avec une vivacité mêlée de beaucoup d'étonnement et de curiosité; seulement, dites-moi, madame, ce que vous voulez que je fasse.

—Que vous êtes bonne! s'écria la religieuse en lui jetant les bras au cou et en s'appuyant sur son épaule pour pleurer sans contrainte.

— Ah! vous êtes bien malheureuse, sans doute!... s'écria Christine; je comprends ce que vous avez souffert ici! Mais votre malheur peut finir.... il finira!... Vous n'êtes pas Carmélite encore, vous!...

La novice essuya ses yeux, et dit : — Ces larmes ne font point de mal! j'entends une

voix humaine qui me répond, qui me console;
il y a si long-temps que je pleurais seule!...

— On vous a amenée ici malgré vous?

La religieuse secoua la tête.

— J'y suis venue abusée par une fausse vocation, répondit-elle; je voulais fuir le monde,
où j'ai déjà trouvé de grandes afflictions; je
croyais mourir ici à toutes ses passions et à
tous ses souvenirs. Mais ce n'est pas à vingt
ans qu'on brise ainsi dans son cœur tout ce
qu'on a aimé, tout ce qui est resté au-delà
de cette terrible grille!...

— Hélas! je le sens bien! fit Christine en
soupirant; et cependant j'ai ici ma mère!...

—C'est une sainte! Mais toutes les âmes n'ont
pas une si ferme et si pieuse vocation. J'avais
cru d'abord que j'imiterais les bienheureuses
qui, depuis tant d'années, servent Dieu avec
la même ferveur; mais la grâce s'est retirée
de moi, et j'ai senti que je me damnerais en
suivant le chemin qui les mène au paradis.
Lorsque j'entrai dans cette maison, j'eusse
voulu qu'une dispense abrégeât mon noviciat

et me permît de prononcer, au bout de trois mois, les derniers vœux : ah ! grâce au Ciel, je ne l'ai pas obtenue ! je suis libre encore !...

— Et vous voulez quitter le couvent?

— Oui, j'y suis résolue.

— Bientôt?

— Le plus tôt possible. Mais, en déclarant ma résolution à la prieure, il faut que je lui dise où je veux aller, qui me recevra; sinon, elle me fera quitter l'habit et me retiendra dans la maison.

— Vous n'avez donc point de mère, point de famille?

— J'ai une parente, une amie puissante; elle me tendra la main pour me mettre hors d'ici; mais il faut que je lui fasse connaître d'abord ma résolution. J'ai écrit pour elle une lettre; depuis trois mois je la porte cachée sous mon scapulaire, attendant toujours l'occasion de la remettre à quelqu'un du dehors. La voici...

Christine prit ce papier, tout sali et chiffonné; c'était la première feuille du formu-

laire, couverte de caractères très-fins; pour
ménager l'espace blanc, il avait fallu écrire
sur le tout à l'encre rouge, l'adresse de la personne à laquelle cette missive était destinée.

Christine l'approcha de la lampe et lut : —A
madame la comtesse de Soissons, en son hôtel de Soissons.

— J'irai porter moi-même cette lettre, dit-
elle, je vous le promets. Madame, prenez
courage; bientôt, sans doute, vous sortirez
d'ici.... Sœur Madeleine disait qu'un tel
exemple ne s'était jamais vu. Ah! j'avais
grand'peine à le croire.

— Elle a cru dire la vérité; si vous saviez
comme on trompe souvent ces pauvres âmes!
Mais on n'a pas pu me tromper, moi, fit-elle
plus bas en s'approchant de l'oreille de Christine: car, avec le regret d'être entrée dans cette
maison, la méfiance m'était venue; j'obser-
vais, je voyais tout. Quand la prieure s'aper-
çoit qu'une novice faiblit dans sa vocation, et
que rien ne pourra la retenir, elle assemble
les discrètes pour aviser aux moyens d'étouffer

ce scandale ou de le cacher du moins à la communauté. On met la novice à l'infirmerie sous prétexte de maladie, et au bout de quelque temps on dit qu'elle est morte....

— Et elle est libre? interrompit Christine en frémissant.

— Pas toujours. Quelquefois il y a des obstacles insurmontables à son retour au monde : la volonté de sa famille, sa pauvreté, quelquefois son propre caractère, dont on craint les désordres ; car, voyez-vous, il y a eu ici des filles qui, après avoir pendant un an pratiqué la règle, ont été comme des hérétiques, des athées, ne croyant plus à Dieu ni au diable, et capables d'effrayer les gens du monde par leurs exemples. Alors....

— Eh bien ! alors? dit Christine toute pâle et faisant le signe de la croix.

— On les enferme pour toujours dans une prison, dont la prieure garde les clefs, et on dit qu'elles sont mortes.

— Et vous croyez que dans cette maison il existe aujourd'hui quelque malheureuse....

La novice fit signe que oui ; puis, relevant la tête avec un sourire d'espoir et de joie, elle dit : — Mais je n'éprouverai pas cet horrible sort, moi ; grâce à vous, mon ange gardien, je serai libre!.... Vous m'aurez donné plus que la vie. Dites-moi votre nom, pour que chaque jour je le répète dans mes prières.

— Je m'appelle Christine : et vous, madame?

— Ici je suis la sœur Anne-de-la-Rédemption ; dans le monde, on me nommait Eudoxie Martinozzi.

— Vous êtes Italienne?

— Je suis née à Rome, et j'appartiens, de loin il est vrai, à la famille de son éminence le cardinal Mazarin.

— C'est une belle et puissante parenté ! s'écria Christine un peu étonnée.

— Elle m'a suscité bien des malheurs, dit la novice en soupirant ; mieux eût valu pour moi être une pauvre bourgeoise parisienne, que la parente d'un cardinal.

— Vous avez vu la cour, vous avez vécu au milieu de toutes les grandeurs de ce monde, puisque vous appartenez de si près à celui qui, après le roi, est le maître du royaume.

— Et tout cela, je l'ai quitté pour venir aux Carmélites ! dit la novice avec un sourire amer ; je m'étais figuré que le monde serait ému de ce grand sacrifice et en parlerait long-temps, que celui auquel je le faisais en mourrait de douleur, et que moi-même je ne guérirais les blessures de mon âme qu'en la donnant à Dieu. Je partis dans cet espoir : le lendemain, le monde m'avait oubliée, et celui que j'avais aimé aussi. Le désespoir qui m'avait amenée ici se calma. Quand je n'eus plus au cœur ni dépit, ni douleur, ni jalousie, l'ennui s'empara de moi ; j'eus horreur de cette vie solitaire et pénitente que je m'étais choisie ; je tournai les yeux vers le monde que j'avais quitté de si bonne volonté ; je sentis que toutes les peines que j'y avais trouvées n'étaient rien près de la langueur mortelle, des désirs impuissans que je ressentais ici ; un ardent regret consuma toutes mes heures. Il n'était plus temps ; il a fallu attendre, attendre

une année entière ! mais à présent mon malheur est fini, j'espère ; je suis heureuse !....

— Vous ne craignez donc pas de retrouver
dans le monde les afflictions que vous y avez
laissées ?

— Non : écoutez-moi bien, Christine. Notre
âge est pareil, si je ne me trompe ; mais j'ai
plus que vous peut-être l'expérience, qui vieil-
lit de bonne heure. Ne croyez jamais qu'il y a
dans le monde des peines durables, éternelles.
Tout s'efface au cœur des jeunes filles comme
nous, tout.... l'amour même, pour lequel
nous donnerions avec joie notre vie en ce
monde et notre salut dans l'autre ! Ce n'est
qu'ici, dans la solitude et les tourmens d'une
vie sans espérance, que l'on meurt de chagrin ; hors de la grille, on se console de
tout.

L'âme naïve de Christine ne comprit qu'à
demi ces paroles : elle n'avait pas connu les
passions, et elle croyait aisément qu'on ne
pouvait mourir d'amour ni de jalousie.

— J'irai trouver de votre part madame de

Soissons, dit-elle en regardant la lettre. Jésus! une si grande dame! Je n'oserais l'aborder sans ce passeport.

— Combien de temps doit durer votre retraite?

— Huit jours.

— Ah! c'est bien long!

— Bien long pour vous! dit Christine avec
compassion; vous avez déjà tant attendu!

— Madame de Soissons vous interrogera :
dites-lui bien ce que c'est que le couvent des
Carmélites; un enfer pour celles qui ne sont
pas véritablement appelées à la vie religieuse!
elle ne peut comprendre ce qu'on souffre ici,
elle! Hélas! qui pourrait croire à une telle
pénitence sans l'avoir pratiquée!.... Quelle
différence de cette cellule avec la chambre où
madame de Soissons reçoit les seigneurs de la
cour, le matin à son lever!

— C'est tout velours et broderies?

— Comme chez la reine. Le roi va souvent
visiter madame de Soissons; il l'a fort aimée...

— Et maintenant?

— Maintenant ce n'est plus elle qu'il aime, c'est sa sœur Marie Mancini.... il l'aimait du moins il y a dix-huit mois : peut-être aujourd'hui est-il amoureux ailleurs? Tout passe si vite à la cour.... l'amour surtout!

Jésus! Maria! il est déjà près de minuit, ajouta-t-elle en regardant le sablier presque écoulé; c'est l'heure de l'office, il faut descendre au chœur.... Ah! que je sens de peine à vous quitter déjà!... mais nous nous reverrons ainsi chaque nuit : si vous saviez quel bien me fait votre présence, le son de votre voix! Je suis comme une pauvre prisonnière à l'oreille de laquelle aucune voix humaine n'a depuis long-temps retenti, et qui entend enfin parler dans son cachot. Adieu, adieu maintenant! Sœur Madeleine-de-l'Assomption va venir vous trouver; silence sur notre entrevue, sur tout ce que je vous ai dit! il y va de toutes mes espérances.... ne découvrez à personne ce secret....

— Il n'est pas le mien, et je le garderai même avec ma mère.

— Ah ! j'avais raison de compter sur vous, mon bon ange sauveur ! adieu , adieu !

Elle jeta son bras autour du cou de Christine, et la baisa au front ; puis, entr'ouvrant avec précaution la porte de la cellule, elle disparut le long du corridor.

VIII.

Le dimanche arriva enfin ; c'était jour de récréation, et toute la communauté était dispensée du silence. Aussi, dès le matin, on entendait dans les salles, dans les corridors, dans le jardin, une sorte de gazouillement confus : c'étaient les religieuses, qui, toutes à la fois, parlaient d'une voix basse et voilée, comme si elles n'eussent osé rompre trop haut ce silence, dont elles avaient une si complète habitude.

Sœur Saint-Jean-de-la-Croix donna l'eau bénite à Christine, en sortant du chœur.

— Mon enfant, lui dit-elle de sa voix douce et pénétrante, venez avec moi; j'ai la permission de vous conduire dans ma cellule.

La jeune fille obéit, toute tremblante d'émotion et de joie: elle avait tant attendu ce moment! Il lui semblait qu'alors seulement elle retrouvait sa mère.

Elles entrèrent dans la cellule et sœur Saint-Jean-de-la-Croix en referma la porte vivement, comme si elle eût craint de perdre un seul de ces momens précieux et qui étaient comptés. Puis elle s'assit sur son lit en attirant Christine dans ses bras. La jeune fille tomba à genoux; ses sanglots coupaient les paroles qu'elle balbutiait en baisant les mains de la Carmélite, qui disait en pleurant aussi :—Mon enfant, ma chère fille, calmez-vous! Hélas! ces témoignages sont peut-être une offense envers Dieu! il ne faut s'agenouiller que devant lui.... Relevez-vous, Christine.... mon enfant; vous souffrez, vous êtes toute pâle!....

— Oh! ce n'est rien, ma mère, dit Christine en portant une main à son front, ce n'est

rien.... la joie d'être là devant vous, sans
témoins, sans contrainte, d'entendre votre
voix.... Parlez-moi, ma mère, j'écoute !

Elle pencha sa tête sur les genoux de la Carmélite, et la regarda les mains jointes. Il y
avait dans ses yeux, dans son attitude, une
expression ineffable de tendresse, d'adoration.

— Ma mère, reprit-elle après un moment
de silence; vous ne me dites rien !.... Nous
n'avons qu'une heure.... voyez, le sablier s'é-
coule.... Oh ! parlons-nous !....

Sœur Saint-Jean-de-la-Croix balbutia
quelques mots qui s'éteignaient dans ses
larmes; elles se jetèrent dans les bras l'une de
l'autre, et pendant quelques instans, leurs
sanglots et leurs caresses se confondirent.

— Mon enfant, dit enfin la Carmélite en
faisant asseoir Christine près d'elle, il faut
que vous me parliez de vous, de votre situation dans le monde. J'étais tranquille sur votre
sort, quand la bonne Carducha vivait : elle
vous aimait, ma fille; elle pouvait me rem-
placer; mais à présent vous êtes seule.

— Hélas oui! que notre maison me semble triste et déserte, depuis que je n'ai plus ma pauvre Carducha, ma seconde mère! Je n'ai plus goût à rien de ce que nous avions l'habitude de faire ensemble; le travail, la lecture, la promenade, tout m'ennuie.

— Vous sentez-vous au cœur la vocation d'être religieuse, mon enfant?

Elle secoua imperceptiblement la tête et répondit à voix basse, après un moment de silence : — Je crois que non, ma mère.

La Carmélite avait fait cette question pour l'acquit de sa conscience, et la réponse de Christine soulagea son cœur d'un poids énorme; elle eût tremblé de livrer la vie innocente de sa fille aux austérités de sa vie repentante.

— Eh bien! alors, reprit-elle d'une voix plus assurée, il faut rester dans le monde, mon enfant, et y vivre de manière à y faire votre salut. Chaque état a ses vertus : il y en a de faciles et qui rendent notre vie ici-bas sereine et heureuse; mais, pour les pratiquer, il faut fuir la compagnie des personnes mondaines et vicieuses. Il faut, comme la femme forte, remplir ses jours par les bonnes œuvres, le travail et la prière. La Carducha vous a appris à travailler et à prier Dieu, mon enfant?

—C'étaient là toutes nos occupations. Dès le matin nous allions à la messe, puis en rentrant nous prenions l'aiguille. Que de beaux ouvrages, ma mère! Nous faisions des broderies de laine, de soie, et même d'or et d'argent : puis, quand venait Noël ou Pâques, la Carducha allait trouver M. le curé de notre paroisse de Saint-Germain-des-Prés, et lui portait quelque riche ornement pour son église; ou bien elle vendait ce travail, qui souvent nous avait coûté des mois entiers, et l'argent servait à faire des aumônes pendant les hivers rigoureux.

— Vous ne travailliez donc jamais pour vous?

— Jamais, ma mère; toujours pour l'église ou pour les pauvres. Les pauvres, disait la Carducha, sont les membres de Jésus-Christ; on l'honore en les soulageant. Après le travail

venait la récréation; nous allions nous promener hors de la porte Saint-Denis; ou bien
parfois, quand il n'y avait pas trop de monde,
dans le beau jardin des Tuileries; quelquefois
à Vincennes.... Oh! alors, j'étais heureuse!
Les champs sont si beaux pendant les matinées
de mai! il y a tant d'églantiers, tant de lilas
en fleur le long des haies! Je ne sais; mais
quand je m'en allais ainsi sous ces belles feuil-
lées, quand je me trouvais dans l'air libre de
ces vastes campagnes dont ma vue n'atteignait
pas les limites, mon cœur bondissait de joie
et d'espoir : il me semblait que quelque grand
bonheur allait m'arriver!....

— Eh! quel bonheur si grand aviez-vous
imaginé, mon enfant? interrompit la Carmélite avec quelque inquiétude.

— Je ne saurais le dire, répondit Christine
avec simplicité; c'était quelque chose de vague, d'impossible; je pensais à vous, ma
mère.

Sœur Saint-Jean-de-la-Croix sourit tristement; puis, jetant les yeux sur le sablier,

elle vit qu'il lui restait bien peu de temps pour tout ce qu'elle avait encore à dire.

— Mon enfant, fit-elle tout-à-coup en prenant dans ses mains les mains de Christine, n'avez-vous jamais pensé qu'il faudra vous marier un jour ?

— La Carducha y avait pensé, répondit-elle tranquillement.

— Et avec qui donc, mon enfant ?... savez-vous cela, parce qu'elle vous l'avait dit ?

— Oui, ma mère.

— Et quelqu'un était venu chez vous ? Vous connaissez celui sur qui elle avait jeté les yeux ?

— Je l'ai vu deux ou trois fois quand il est venu parler à ma bonne Carducha, qui lui avait vendu deux chappes brodées, car l'hiver dernier nous avions besoin de beaucoup d'argent pour nos pauvres. Il est marchand de soieries dans la rue aux Ours, et il se nomme Denis Rabanel.

Le sang patricien de mademoiselle de Novès bouillonna à ce nom ; mais un rapide retour la rendit à toute l'humilité de son état et de sa position.

— Hélas ! pensa-t-elle, toutes les créatures ne sont-elles pas égales devant Dieu ? et devant le monde un honnête bourgeois ne vaut-il pas mieux qu'une noble demoiselle qui ne pourra jamais nommer son père ?

— Denis Rabanel croyait que nous étions de pauvres ouvrières, reprit Christine, et il fut bien surpris quand la Carducha lui dit que j'avais une dot. Il déclara alors qu'il avait pensé que je vivais du travail de mes mains, et que je n'apporterais pas même un trousseau dans la maison de mon mari ; mais qu'il m'aimait et voulait m'épouser pour ma sagesse et ma bonne conduite. Je vous rapporte ceci, ma mère, non pour en tirer vanité, mais pour vous faire bien connaître Denis Rabanel. Ma bonne Carducha fut touchée de ces sentimens désintéressés ; elle me raconta tout et me demanda ce qu'il fallait répondre. Je lui dis que, puisqu'elle songeait à me marier, j'aimais mieux que ce fût avec Denis Rabanel qu'avec un autre.

Le lendemain elle lui rapporta cette réponse favorable, en le priant de ne plus revenir chez nous jusqu'à ce qu'elle eût consulté une personne de qui je dépendais et appris sa volonté.

Denis Rabanel s'en alla moitié triste, moitié content. Il avait bien un peu d'espoir, mais la Carducha remettait à trois mois sa prochaine visite, et je crois qu'il eût bien voulu me voir quelquefois dans cet intervalle. Pauvre Carducha! elle est morte une semaine plus tard, et elle n'a rien accompli de tous ses projets pour mon bonheur!

— Et Denis Rabanel ignore cette mort?

— Je pense que oui, ma mère; qui la lui aurait apprise?

— Peut-être dans le voisinage de votre maison, s'il est venu demander de vos nouvelles?...

— Oh! il ne le ferait pas, ma mère, il ne le ferait pas; il ne voudrait pas m'exposer ainsi

aux caquets des gens médisans; il sait que
la bonne renommée d'une fille souffre toujours de l'attention d'un homme.

— Et dites-moi, mon enfant, vos sentimens à l'égard de Denis Rabanel sont-ils toujours les mêmes?

— Je crois que oui, ma mère. Pour vous
dire la vérité, je n'ai guère songé à tout
cela depuis quelque temps; j'avais tant de
chagrin! J'avais un si grand désir de vous
voir que je ne pensais à autre chose; et aujourd'hui, si vous ne m'eussiez questionnée,
je ne me serais pas souvenue de vous parler
de ce bon Denis Rabanel.

— Il est bon, mon enfant; vous en êtes
sûre ?

— C'est un cœur d'or; il est généreux, franc
et charitable aux pauvres; il a la réputation
du plus honnête marchand de la rue aux Ours :
c'est la Carducha qui me l'a dit.

— Il est pieux et bon catholique?

— Je n'en doute pas, il est marguillier de
sa paroisse.

— Et son bien ?

— Il est considérable : son père lui a laissé
cent vingt mille écus ; il avait dit tout cela à
la Carducha.

— Et son visage ? dit sœur Saint-Jean-de-la-
Croix avec quelque hésitation : car c'était selon ses idées presque un péché mortel qu'une
telle question ; mais elle voulait tout savoir.

— Son visage m'a paru assez agréable ; il a
des cheveux blonds , un regard fort doux , et
puis une physionomie si bonne ! D'ailleurs ,
ma mère , la Carducha m'a dit souvent que la
beauté d'un homme consistait en sa loyauté
et en son bon courage : Denis Rabanel est
brave ; il s'est battu avec les bourgeois au
temps de la Fronde pour soutenir le parlement
et renvoyer en Italie le cardinal Mazarin.

A ce nom , la sœur Saint-Jean-de-la-Croix
rougit légèrement ; puis une mortelle pâleur
couvrit ses joues , et elle laissa aller la main
de sa fille.

— Pardon , ma mère , de vous rappeler
ces temps de troubles , reprit vivement Chris-

tine; la Carducha m'a raconté combien vous aviez eu de craintes pour moi tandis qu'on se battait dans les rues de Paris. Il n'y a pas si long-temps de cela, et je me souviens bien de nos frayeurs tandis que le canon tirait à la Bastille. Je me souviens qu'une fois en venant ici nous fûmes insultées par des laquais, parce que nous ne portions pas le nœud de paille auquel se reconnaissaient les Frondeurs.

—Que béni soit le Seigneur qui a voulu la fin de ces calamités ! dit sœur Saint-Jean-de-la-Croix ; dans ces temps de guerre civile, mon enfant, il faut n'être d'aucun parti et prier pour tous.

D'après tout ce que vous venez de me dire, je tiens Denis Rabanel pour un bon chrétien et un honnête homme qui vous aime; c'est tout ce qu'il faut pour le bonheur d'une femme. Quelle est l'époque à laquelle il doit venir savoir votre détermination?

—D'ici à deux mois environ, ma mère, vers la fête du Saint-Sacrement.

—Eh bien! alors, j'obtiendrai de notre

mère que vous veniez faire une nouvelle retraite aux Carmélites : nous reparlerons de
Denis Rabanel.

—Ma mère ! interrompit douloureusement
Christine en montrant le sablier entièrement
écoulé.

Au même instant la cloche sonna.

—Adieu, adieu, mon enfant, dit sœur
Saint-Jean-de-la-Croix en embrassant la jeune
fille ; il faut nous quitter.

—Déjà ! mon Dieu, déjà !.. et je ne pourrai
plus vous parler !... Oh ! si vous vouliez, ma
mère, je reviendrais vous trouver, la nuit,
ici.....

—Jésus ! Maria ! quelle pensée ! interrompit la Carmélite avec effroi ; ce serait une in-
fraction à la règle, un péché de désobéissance
qui serait sévèrement puni et dont je n'aurais
pas de long-temps l'absolution.

—Adieu, ma mère, dit alors Christine avec
une profonde tristesse ; adieu, bénissez-moi
pour dernière parole.

LIVRE HUITIÈME.

—◦◦◦—

L'HÔTEL DE SOISSONS.

1.

Quelques jours plus tard, Christine était de retour dans sa petite maison de la rue des Marais. Sa retraite aux Carmélites l'avait laissée sous le coup de tristes et profondes impressions; elle comprenait mieux qu'autrefois quelle insurmontable barrière la séparait sans retour de tout ce qu'elle aimait au monde maintenant, de sa mère : ce n'était pas seulement cette grille, derrière laquelle elle pourrait s'enfermer aussi; ce n'était pas cette distance matérielle qu'il eût été si aisé de franchir : c'étaient les devoirs de la vie religieuse et l'observance de la règle de sainte Thérèse. De près comme de loin sa mère ne pouvait que l'aimer en son cœur, et tous les témoignages de cet amour devaient se taire et mourir en présence de Dieu. Cette impuissance d'obtenir jamais les paroles, les caresses, la présence tout entière de sa mère, jetait Christine dans une amère douleur, dans un profond découragement. En vain ses prières demandaient à Dieu de calmer cette peine; elle restait fixe et poignante au fond de son cœur.

En rentrant chez elle, son premier mouvement fut d'aller dans la petite salle où elle se tenait jadis avec la Carducha; il lui sembla qu'elle y serait moins seule entourée de ce souvenir : mais alors il revint si triste et si douloureux, qu'elle se prit à pleurer amèrement. Là tout rappelait celle qui ne devait jamais y retourner, qui était bien morte aussi pour la pauvre Christine; son livre d'heures était sur la cheminée, son coffret à ouvrage un peu plus loin, et la quenouille chargée de lin, debout dans un coin, semblait attendre que la Carducha reprît sa tâche commencée.

Christine voulut essayer de distraire son chagrin en reprenant le cercle habituel de ses occupations.

— Allons, dit-elle, en essuyant ses larmes et en regardant une grosse montre d'argent accrochée à la cheminée ; il est bientôt midi, je vais travailler jusques à quatre heures ; ensuite je sortirai pour aller porter cette lettre.

Elle la tira de sa poche et l'enveloppa d'une feuille de papier bien blanc, sans y jeter les yeux. Cet écrit, dont la novice ne lui avait fait lire que la suscription, n'était point cacheté ; mais Christine le regarda avec une si religieuse discrétion qu'elle n'en vit pas un mot.

— Mademoiselle, dit la vieille Catherine en entr'ouvrant la porte, j'ai mis le couvert.

— Dîne seule, ma bonne, répondit Christine avec un soupir ; on m'a fait déjeûner au couvent, je n'ai pas faim.

— Vous avez déjeûné aux Carmélites ! fit la servante étonnée ; c'était donc fête dans la communauté ?

— Non, mais j'ai mangé à l'infirmerie, où

j'étais montée pour voir une pauvre sœur
malade.

— Et parle-t-on là-haut?

— Oui, mais le moins possible, rien que
par nécessité.

— Et l'on y fait gras?

— Avec une tasse de bouillon fort peu
substantiel.

— Allons, une vraie tisane; même en mettant mes lunettes, je n'y trouverais pas un
œil de graisse; ce n'est pas comme cette bonne
soupe au pain que j'ai faite pour votre dîner.
Ne voulez-vous pas y goûter seulement, mademoiselle?

— Merci, Catherine, cela me ferait du mal;
j'ai le cœur si gros de chagrin. Va dîner, toi,
ma bonne.

— Cela m'ôte l'appétit de vous voir si triste!
Seigneur, mon Dieu! je voudrais savoir parler
et dire de belles sentences comme cette pauvre
mademoiselle Carducha, je vous consolerais;
mais je suis une vieille sotte fort ignorante, ne
sachant rien que mon *Pater* et mon *Ave*.

— Ce sont deux belles prières, Catherine,

elles disent tout ce que nous devons demander
à Dieu.

— Voilà soixante ans que je les répète matin
et soir. C'est grand dommage qu'elles soient en
latin; j'aimerais mieux les réciter en français
pour les bien comprendre. Vous ne voulez
donc pas venir dire le *Benedicite* avec moi?

—Non, je t'attends ici; tu te mettras là, près
de mon métier, avec ta quenouille, et nous
travaillerons ensemble comme quand ma
bonne Carducha y était.

La vieille servante prit la quenouille, et
vint s'asseoir sans mot dire.

— Comment, Catherine, tu ne vas donc pas
dîner? fit Christine étonnée.

— Non, mademoiselle, moi non plus, je
n'ai pas faim. Sainte Vierge! quand vous ver-
rai-je comme il y a deux mois, épanouie
ainsi qu'une rose de mai, toujours riante et
guillerette!

— C'est qu'il y a deux mois je n'étais pas
ici toute seule avec toi comme aujourd'hui;
j'avais ma bonne Carducha, mon autre
mère!... elle m'aimait tant!

— C'était une sainte fille, et je l'ai bien
pleurée, dit Catherine, en s'essuyant les yeux
avec le coin de son tablier de serge; mais
quand nous la regretterions d'ici au jour du
jugement, cela ne la ressusciterait pas. Il faut
donc vous consoler, mademoiselle, et choisir
bientôt un mari qui vous puisse tenir compagnie...

—Que dis-tu là? interrompit Christine en
rougissant un peu.

— Je dis que vous voilà toute seule comme
une pauvre brebis sans pasteur, et que le
monde est rempli de loups! Les loups, ce sont
les mauvais garçons qui courent après les jeunes filles. A présent c'est tout comme de mon
temps, et c'est pour cela qu'il faut prendre un
mari.

La servante fit une pause après cette phrase
éloquente, mais sa physionomie bonne et
naïve gardait encore quelque chose; on sentait qu'elle n'avait pas tout dit. Enfin elle se
décida à attaquer de front la question, et elle
dit en laissant tomber son fuseau:

—Ce mari me semble tout trouvé.

—Vraiment! fit Christine en souriant un
peu, comme toute jeune fille à laquelle on
parle de mariage.

—Vous le connaissez bien, mademoiselle;
c'est ce bon monsieur Denis Rabanel.

—Comment, il est revenu ici? dit Christine
tout-à-coup sérieuse.

—Oh! non, ce n'est pas lui d'abord. Il a
envoyé un des garçons de sa boutique pour
demander à mademoiselle Carducha les bordures de cette belle chape, vous savez? Je
répondis au garçon que la pauvre fille était
trépassée depuis tantôt un mois, et que vous
étiez en retraite aux Carmélites. Voilà qu'une
heure après, tandis que je filais dans la cuisine, je vois venir monsieur Rabanel lui-
même. C'était sur la brune, et je ne reconnais-
sais guère son visage; mais il me dit tout
aussitôt son nom. Puis des questions, des
questions... Alors je lui ai raconté le malheur
qui est arrivé ici le dimanche de la Passion,
et tout ce qui s'en est suivi; comme mademoiselle Carducha mourut subitement;
comme je vous retrouvai toute seule la tenant

déjà froide dans vos bras : il pleurait, le digne homme ! oui, il pleurait, je l'ai compris à sa voix. Il est resté avec moi une bonne heure sans vouloir jamais s'asseoir, quoique je l'en aie bien prié.

— Et après ?

— Après il s'en est allé en me disant qu'il reviendrait céans encore une fois quand vous y seriez.

— Je ne sais pas si je dois le voir, dit Christine pensive.

Elle baissa la tête sur son métier à broder et se mit à travailler avec application. L'annonce de cette visite la jetait dans une singulière perplexité ; elle avait un certain désir de faire connaître à Denis Rabanel les espérances qui lui étaient permises, et d'un autre côté elle n'osait le recevoir chez elle. Un moment elle eut idée de lui envoyer Catherine ; mais elle se méfiait de la bonne volonté de la zélée servante, qui peut-être aurait ajouté quelque favorable commentaire à sa commission. Une jeune fille de notre temps n'eût pas été si embarrassée ; elle aurait tout sim-

plement pris la plume et expliqué sa position
dans une petite lettre toute pleine de jolies
phrases et de diplomatie ; mais alors les femmes de la bourgeoisie n'écrivaient guère que
sur le livret de ménage, et leur écriture, assez
semblable à *la grosse* d'une requête d'avoué,
n'eût pas été d'un très-joli effet dans un billet galant.

Christine n'avait encore rien décidé lorsque
l'horloge de Saint-Germain-des-Prés sonna
trois heures.

— Déjà ? dit-elle ; le travail tient bonne
compagnie, comme disait la Carducha ; le
temps a passé vite malgré mon souci. Catherine, va mettre ta jupe noire et tes coiffes du
dimanche ; tu sortiras avec moi tantôt...

Un coup frappé à la porte interrompit Christine, qui posa son aiguille avec une certaine
émotion. La servante avait couru ouvrir :
au bout d'une minute Denis Rabanel entra.

C'était un homme de trente ans environ,
de haute taille et d'une tournure assez modeste. Son pourpoint de fin drap noir, son
collet rabattu en belle toile de Hollande, son

chapeau plat à petits bords retroussés, annonçaient un riche bourgeois qui ne se permettait aucune magnificence au-dessus de
son état, mais qui prenait plaisir à être vêtu
avec une certaine recherche. Ses cheveux un
peu longs, fins et blonds comme ceux d'un
enfant, retombaient autour de son visage,
dont les traits étaient surtout remarquables
par leur expression spirituelle et bonne.

Christine s'était levée pour le recevoir, et
Catherine tout empressée lui avançait un siége.
Il s'approcha avec une visible émotion et dit,
après avoir salué la jeune fille avec autant de
respect que s'il eût abordé une princesse :
— Mademoiselle, je n'aurais pas osé me présenter encore ici, sans le malheur qui vous est
arrivé ; mais j'ai eu peur, si je tardais, de ne
plus vous y rencontrer, et l'idée de ne vous
jamais revoir m'était trop cruelle.

— Vous avez donc pensé, monsieur Rabanel, dit doucement Christine, que je retour-
nerais aux Carmélites ?

— Je le craignais beaucoup, et parfois j'espérais un peu que vous resteriez dans le monde ;

cette incertitude m'était si douloureuse que
j'ai osé venir vous en parler.

— Mais, je ne puis vous répondre encore,
dit Christine avec un peu d'embarras : maintenant que ma pauvre Carducha est morte,
je sais bien que je ne peux pas demeurer ici
toute seule ; mais j'ignore ce que ma mère
ordonnera de moi, j'attends sa volonté.

— Et si elle voulait vous faire Carmélite,
mademoiselle?

— J'obéirais.

Denis Rabanel leva sur Christine un regard
tendre et profondément attristé; un peu de pâleur s'était répandue sur son front : il entendait avec résignation ces paroles ; il n'en attendait pas d'autres d'une fille sage comme
Christine ; mais elles lui avaient fait un mal
inexprimable.

— Ma mère est une sainte, reprit-elle, touchée de cette douleur qui n'osait se montrer
autrement que par un triste silence ; sa vie se
passe dans des austérités, des prières conti-
nuelles; mais elle dit que l'on peut aussi faire
son salut dans le monde.

— Et vous croyez, mademoiselle, que vous serez libre de choisir l'état qui vous conviendra?

— Je le crois.

— Et vous pensez que je dois revenir ici plus tard connaître la réponse de madame votre mère, reprit Rabanel avec le sourire sur les lèvres et un indicible battement de cœur ; vous lui avez parlé de moi ?

Christine fit un signe de tête imperceptible.

— Ah ! que je suis heureux ! s'écria Denis Rabanel avec un transport de joie qui effraya Christine.

— Mais je ne vous ai encore rien dit ! s'écria-t-elle en rougissant.

Il rapprocha sa chaise , et la regardant avec une timide tendresse, il essaya de parler, mais l'excès de son émotion coupait ses paroles.

—Allons, allons, rassurez-vous, monsieur Rabanel , reprit Christine avec un instinct de coquetterie tout plein de grâce et de naïveté, vous tremblez devant moi comme autrefois devant les arquebusades des Mazarins.

— Ah ! bien davantage ! Les frondeurs
n'ont jamais eu peur des Mazarins! J'eusse
jeté le nœud de paille que je portais à mon
chapeau à la face de tout gentilhomme auquel
j'aurais pu rendre raison de cette insulte.
Haro ! je suis fils d'échevin , et mon épée est
aussi longue que celle de tous ces damerets
de la cour , qui ont encore plus de dettes que
de noblesse.

— Vous êtes un déterminé frondeur, M. Rabanel ! dit Christine avec son paisible sourire ;
vous vous battriez encore volontiers pour les
princes...

— Et surtout pour messieurs du parlement !

— Mais heureusement toute cette guerre
est finie, et vous vivrez tranquille dans votre
maison de la rue aux Ours , sans souci de ce
qui se passe au parlement ou à la Bastille.
C'est ainsi que je voudrais mon mari, un bon
bourgeois vivant tranquille chez lui, tout oc-
cupé , non des affaires de l'état, mais du soin
de sa famille. Toutes ces turbulences sont
bonnes pour les grands qui en tirent quelques

profits, mais le pauvre peuple n'y gagne que des coups.

— Vous êtes *mazarine*, mademoiselle ! fit Denis Rabanel avec quelque chagrin.

— Je ne suis d'aucun parti. Hélas ! que puis-je dans toutes ces querelles, moi, pauvre jeune fille ? je prie Dieu pour tous, et je plains ceux qui succombent. Mais tous ces malheurs sont finis ; le roi est à présent le maître, il a plus de vingt ans.

— Et le Mazarin est vieux et malade. On dit qu'il s'en va d'une fièvre lente : amen. Mais pourquoi parler de toutes ces choses ? elles ne me regardent plus, puisque....

Il s'arrêta court.

— Puisque ? répéta Christine avec un petit sourire.

— Puisque vous voulez que votre mari soit un bon bourgeois ne se souciant pas des affaires de l'état. Quelle joie aura ma mère, quand je lui raconterai tout ceci ! elle est la confidente de tous mes secrets. Si vous saviez, mademoiselle, quelle sainte femme ! quelle bonne mère !... Elle fut veuve à vingt ans...

— Hélas! comme la mienne.

— J'étais son seul enfant, elle avait beaucoup de bien, et les partis vinrent en foule; elle les refusa tous, et ne s'occupa qu'à me bien élever pour que je fisse honneur au nom de mon père. Depuis deux cents ans nous sommes de père en fils marchands de soieries et d'ornemens d'église, à l'enseigne de Saint-Pacôme, et une vieille réputation d'honneur et de probité s'est attachée à notre maison. L'enseigne! c'est le blason des bourgeois, et ils doivent en être jaloux comme un gentilhomme de ses armoiries. Je suis plus fier de mon image de Saint-Pacôme, que je ne le serais de l'écusson de tel noble qui a vendu son épée à qui a voulu la payer.

— Voilà de grands sentimens! fit Christine avec satisfaction, ils font honneur à celle qui vous a élevé. Vous n'aviez pas parlé de votre mère à ma bonne Carducha?

— C'est que je voulais savoir mon sort avant d'amener ici ma mère; un refus lui aurait été trop sensible si elle vous avait une fois connue. A présent elle viendra vous remercier

et vous apporter votre anneau de fiançailles,
celui qu'autrefois lui donna mon père...

Denis Rabanel se tut; sa voix altérée trahissait trop vivement ses émotions. Il y eut un
moment de silence.

— Parlez-moi encore de votre mère, dit
doucement Christine, en s'accoudant sur son
métier à broder. Hélas! vous êtes plus heureux
que moi! j'ai perdu la mienne, bien qu'elle
soit vivante encore!

— Ma mère vous connaît déjà bien, mademoiselle, sur le portrait que je lui ai fait de
vous. Depuis long-temps vous êtes le sujet de
tous nos entretiens. Le soir, quand la boutique
est fermée et que les garçons se sont retirés,
je passe encore une heure devant mon petit
bureau à revoir les livres; c'est le bon moment de la journée : nous sommes seuls; ma
mère apporte son travail et s'assied près de
moi : alors nous parlons de vous. Quand je
lui eus raconté votre piété, votre douceur,
votre amour du travail, votre vie exemplaire,
elle me dit : Denis, selon ce que tu me dis,
voilà la femme qu'il te faut. Elle aime le tra-

vail, elle craint Dieu, elle jouit d'une bonne
renommée, c'est la plus belle dot que puisse
avoir une fille. Peu importe sa pauvreté; il
me suffit qu'elle soit belle et sage; belle pour
que tu puisses l'aimer, sage pour qu'elle te
rende heureux. Va trouver ses parens, parle-
leur; et quand tu auras obtenu leur consentement, viens me le dire pour que j'aille les remercier. Je fus bien étonné, mademoiselle,
lorsque je sus que vous aviez une grosse dot;
je fus bien étonné et bien marri. Moi, qui avais
compté vous donner la seule chose qui vous
manquât, je vous trouvais tout-à-coup presque
aussi riche que ma mère. Je ne me décou-
rageai pas pourtant; j'avais un espoir, une
voix secrète qui me criait à l'âme : Elle sera ta
femme, ta belle, ta bonne femme, que tu
aimeras tant et qui te rendra si heureux !...
Mademoiselle Christine, n'est-ce pas que vous
ne voudrez pas que j'attende trop long-temps
à présent pour être votre mari ?

— Mon Dieu! mon Dieu! fit-elle effrayée,
mais ai-je dit cela? Monsieur Rabanel, il faut
que j'attende les volontés de ma mère; elle

ne m'a encore rien ordonné.... Dans quelque temps vous saurez ce qu'elle veut faire de moi. A présent il faut vous retirer, monsieur Rabanel ; vous ne pouvez pas revenir ici : que dirait-on si l'on savait qu'un homme me visite ainsi !

Denis Rabanel se leva d'un air moitié triste, moitié content.

— Je vous obéirai, dit-il ; je n'essaierai pas de vous voir jusqu'au moment tant désiré où je pourrai bientôt vous dire mienne ; mais que je sache du moins quand mon espoir sera confirmé, quand je dois revenir... Fixez une époque, et j'attendrai avec plus de patience.

— Eh bien ! dit-elle, dans un mois et demi, le jour de la fête du Saint-Sacrement, après Vêpres, je serai ici.

— J'y viendrai avec ma mère, mademoiselle. Ne voulez-vous pas me donner votre main, je ne dis pas en gage de votre promesse, mais en gage de votre bonne volonté ?

Elle tendit sa petite main à Denis Rabanel. Il l'effleura du bout de ses lèvres, et sortit en disant à la vieille servante avec un accent plein de bonheur : Au revoir, Catherine!...

Christine était restée debout à la place qu'il venait de quitter. Quelle bonne âme ! dit-elle, quels généreux sentimens ! Il est beau de visage ; quand il parle, ses yeux ont des regards qui vont à l'âme.

— De jolis yeux bleus, comme mon pauvre défunt, dit Catherine en rangeant les chaises ; il les avait de même, si ce n'est qu'il était borgne. Vous voulez sortir à quatre heures, mademoiselle ; voilà qu'elles sonnent. Moi je suis prête. Voici votre mante, votre mouchoir, vos gants et votre masque. Où allons-nous ?

— A l'hôtel de Soissons, répondit Christine, en mettant la lettre dans sa poche ; allons, je l'ai promis.

II.

Lorsque Christine se trouva devant la grande porte de l'hôtel de Soissons, elle fut saisie d'une telle crainte, d'une si invincible timidité, que bien volontiers elle fût retournée sur ses pas en courant. Elle ne savait comment aborder les gens qu'elle voyait aller et venir dans la première cour : c'étaient des pages, des laquais en livrée, l'épée au côté, le chapeau sur l'oreille, la mine insolente. Devant le perron il y avait un carrosse et cinq ou six chevaux de main dont la housse était ornée de franges et de broderies. Dans le vestibule et au

pied du grand escalier, on voyait deux chaises
à porteur toutes dorées et doublées en satin
cramoisi avec de grands panaches aux quatre
coins de la custode; c'étaient comme de belles
niches portatives fermées par de grandes
glaces bien transparentes.

Christine regardait tout cela d'un air inquiet. Personne ne prenait garde à elle ni à
sa servante, qui considérait d'un œil ébahi ce
carrosse doré, ces grands chevaux et cette
nombreuse livrée qui riait, criait, se dispu-
tait et se ruait pêle-mêle dans la grande cour.
Enfin, Christine avisa un grand et gros
homme, vêtu à peu près comme les cent
suisses de la garde royale, qui, la hallebarde
au poing, se tenait à côté de la porte.

— Monsieur, dit-elle, je viens.... j'ai une
lettre.... la voici; elle est pour madame la
comtesse de Soissons.

— Donnez, répondit laconiquement le gros
homme.

— Non, monsieur, je ne puis : cette lettre
doit être remise par moi à madame la comtesse de Soissons.

— Diable! fit le colosse aux bas rouges.

— Comment ferai-je pour parvenir jusqu'à madame de Soissons?

— Je ne sais pas.

Christine, un peu confuse de cette tentative inutile, redescendit le perron et se trouva face à face avec un petit page qui lui rit au nez en disant : — Le gros Fritz, ma toute belle, ne sait que ces paroles sacramentelles : On ne passe pas! donnez! diable! je ne sais pas!

— Monsieur, dit Christine avec une certaine fierté provoquée par la familiarité du page, je voudrais parler à madame de Soissons.

— La chose n'est pas aisée, si vous n'avez pas l'honneur d'être connue d'elle.

— Je viens des Carmélites, et j'apporte une lettre que je dois remettre moi-même en ses mains.

— Ah! ah! fit le page d'un air étonné; ceci mérite attention. Je vais monter là-haut et le dire à l'huissier, qui le dira à la première demoiselle de service, qui le dira à madame la comtesse. Attendez-moi là.

Il remonta le perron et le grand escalier en courant. Christine s'appuya sur le bras de sa servante; elle était toute tremblante. Pour la première fois elle allait se trouver en présence du monde, d'une grande dame, elle qui, pendant toute sa vie, n'avait guère parlé qu'à la Carducha et à sa vieille Catherine. Une sorte de frayeur paralysait toutes ses facultés, et elle était comme quelqu'un qui va commettre une faute ou accomplir un des actes solennels de la vie; de loin, elle n'avait pas cru que cette démarche lui coûterait autant, et volontiers elle se fût repentie de sa promesse. Puis, se souvenant de la pauvre Carmélite, qui n'espérait qu'en elle et lui avait dit en la quittant : Ma vie est en vos mains, elle tâchait de se rassurer et d'arranger le petit discours qu'elle ferait à la comtesse de Soissons.

Au bout de dix minutes, le page revint.

— Montez, mademoiselle, dit-il en mettant la main à son chapeau; j'ai ordre de vous introduire.

Catherine dut s'arrêter dans la première

antichambre ; le page conduisit Christine à travers un grand salon, où il n'y avait personne. C'était partout une magnificence royale, un luxe dont elle n'avait pas seulement l'idée. Alors la cellule, le grabat, le prie-Dieu, l'unique chaise de la Carmélite, revinrent à sa mémoire. — Pauvre Eudoxie Martinozzi ! murmura-t-elle en soupirant.

— Votre nom ? dit le page en mettant doucement la main sur le bouton d'une porte devant laquelle retombait une immense portière de damas vert.

La jeune fille détacha son masque, le pendit à sa ceinture, et répondit : — Christine de Mazara.

— Mademoiselle Christine de Mazara, cria le page en ouvrant un seul battant.

Elle entra lentement sa lettre à la main, et dit en jetant un coup d'œil plein d'hésitation sur le cercle assis autour d'un grand lit à baldaquin :

— Madame la comtesse de Soissons ?

— Elle est ici, approchez, répondit une voix sous les rideaux.

Tous les yeux s'étaient tournés vers Christine avec une expression singulière de surprise et d'admiration. Il y avait là trois dames et un vieux cavalier ; ils dirent en même temps :

— Elle est belle !....

— Un peu pâle, observa presque aussitôt une jeune dame.

— Un peu gauche et timide, fit une autre plus vieille.

— Le vieux cavalier répéta : Elle est admirablement belle !

Cependant Christine s'était approchée du lit, à l'entour duquel retombaient d'amples rideaux de satin jaune. Une jeune femme y était étendue ; sa tête reposait sur un carreau brodé, et un grand mantelet de mousseline enveloppait ses épaules et ses bras, et ne laissait voir que ses deux mains croisées.

— Approchez là, dit-elle en faisant signe à Christine de se mettre à son chevet, approchez, et parlez bas. Mesdemoiselles, continuez votre conversation ; que cet *aparté* ne vous gêne pas. Marie, ajouta-t-elle en se tournant vers l'une des dames avec un certain

sourire malicieux, on dirait que vous n'êtes
pas gaie : écoutez M. de Brienne, il a bonne
envie de vous faire un conte, je vois cela
d'ici.... Écoutez-le donc, ma sœur !....

La comtesse de Soissons était alors dans tout
l'éclat de sa jeunesse et de sa beauté ; beaucoup de gens disaient qu'elle n'avait point
d'égale à la cour de France ; mais ceux qui
parlaient ainsi étaient des courtisans du cardinal Mazarin. La comtesse avait cependant les
plus beaux cheveux du monde, une peau
blanche et veloutée ; mais ses yeux, d'un gris
sombre, étaient trop languissans, et une
extrême maigreur altérait la régularité de
ses traits.

— Parlez, mademoiselle, qu'avez-vous à
me dire ? reprit-elle en se soulevant un peu
pour regarder Christine, qui lui présentait la
lettre.

— C'est de la part d'une personne bien
malheureuse, dit-elle à demi-voix ; elle m'envoie vers vous, madame : tout son espoir
est dans votre amitié ; elle sait que vous
n'aurez pas oublié Eudoxie Martinozzi.

— Non, sans doute ; ses folies m'ont assez tourmentée pour que je m'en souvienne : mais que me veut-elle donc ? Je croyais qu'elle se trouvait comme en paradis aux Carmélites.

Ce sang-froid, cette pitié dédaigneuse, glacèrent Christine; elle ne se sentit presque plus le courage d'insister. Pourtant elle répondit : — Eudoxie Martinozzi n'a pas pu se plier à la règle des Carmélites. Si vous saviez, madame, quelle vie! quelle pénitence! Pour lit une mauvaise paillasse piquée et une couverture de laine ; pour tous meubles, un prie-Dieu, une chaise; pour compagnie durant son sommeil, une tête de mort! et puis le silence, la méditation, les offices de jour et de nuit. Oh! c'est être enterrée toute vivante, madame, et l'on y meurt bientôt.

— Vous avez été novice aux Carmélites, vous aussi? dit la comtesse un peu étonnée.

—Non, madame, mais j'ai fait une retraite de huit jours dans la maison : ma mère y est religieuse depuis dix-sept ans.

— Votre mère! reprit la comtesse en se

L.

souvenant de ce nom qui l'avait frappée quand on lui avait annoncé Christine de Mazara; votre mère était donc veuve d'un homme qui s'appelait de Mazara? C'est singulier!

— Singulier! pourquoi, madame?

— Parce que c'est aussi le nom de notre famille; mais, Dieu merci! de près et de loin, il est assez venu de parens se faire reconnaître par mon oncle depuis son élévation, pour que je puisse croire en toute sécurité qu'il n'en a pas d'inconnus.

— Assurément, madame, je n'ai pas l'honneur de lui appartenir, répondit fièrement Christine, et je ne réclame rien pour mon nom; je suis même mortifiée du hasard qui a fait cette ressemblance.

— Bien! fit dédaigneusement madame de Soissons, ce n'est pas là ce que je vous demande. Vous me parliez d'Eudoxie Martinozzi; continuez: que me veut-elle?

— Vous le saurez, madame, si vous jetez les yeux sur sa lettre. Hélas! elle vous dit tout. Moi je ne sais rien, si ce n'est qu'Eu-

doxie Martinozzi se meurt de désespoir et
de regret d'être entrée aux Carmélites; elle
ose compter sur votre puissante protection
pour l'en faire sortir. Oh! lisez sa lettre,
madame, je vous en supplie; vous serez touchée de son malheur, vous voudrez qu'il
finisse; car vous êtes bonne, madame, aussi
bonne que belle! chacun le dit.

Ce compliment, naïvement exprimé par
une si gracieuse bouche, flatta la comtesse;
elle sourit, et faisant signe à Christine d'écarter un peu le rideau, elle lut la lettre.

Alors la jeune fille eut le temps de regarder autour d'elle, et de remarquer la noble
compagnie en présence de laquelle elle se
trouvait. La chambre à coucher de la comtesse de Soissons était une magnifique pièce
dont le plafond, peint à la fresque, représentait toutes les divinités de l'Olympe. La
mythologie avait fourni les gracieux sujets
des tableaux qui tapissaient les murs, encadrés dans de larges dorures. La dévote Christine vit avec une naïve surprise ces déesses
si belles et si nues, ces jeunes dieux couron-

nés de lauriers et de fleurs ; elle rougit
devant un beau Mercure qui , coiffé de son
pétase pour tout vêtement , s'envolait au-
dessus des nuages.

— Jésus ! Maria ! pensa-t-elle , ceci n'est ni
des saints ni des anges , bien qu'ils aient des
ailes et qu'ils soient assis au ciel.

Mais bientôt son attention se tourna sur
les personnes qui faisaient cercle devant le
lit de madame de Soissons : c'étaient Marie
et Hortense Mancini, ses deux sœurs; madame de Venelle, leur gouvernante, et le vieux
comte de Brienne.

Marie Mancini n'avait pas la beauté frêle
et languissante de madame de Soissons: c'é-
tait une petite personne brune et rondelette ;
ses yeux noirs , ses longs cheveux , son teint
sans éclat , sa grâce nonchalante , ses mains
effilées , lui donnaient une certaine tournure
espagnole que ne démentait pas son accent
légèrement étranger. Sa sœur, Hortense ,
était une gracieuse enfant , blonde , pâle ,
timide , et qui promettait dès-lors d'être la

plus belle entre les belles nièces du cardinal
Mazarin.

Les deux sœurs étaient vêtues pareillement
de robes d'un tissu bleu de roi, broché d'argent ; un large collet de point d'Angleterre
retombait très-bas sur leurs épaules, et se rat-
tachait sur le devant du corsage par un gros
nœud de rubans. Cette simple et riche parure,
la grâce un peu hautaine de celles qui la portaient, leurs manières grandes et aisées, frappèrent singulièrement Christine. Pour la première fois de sa vie, elle se trouva fort mal habillée avec sa robe d'étamine, et son fichu de linon,
fermé autour du cou comme la guimpe d'une
Carmélite. Elle leva les yeux sur une grande
glace où elle pouvait se mirer de la tête aux
pieds, et regarda en soupirant sa jupe plissée,
son mantelet noir, ses modestes ajustemens
de bourgeoise. La vanité se glissait pour la
première fois dans cet esprit simple et sérieux:
elle enviait ce luxe, cette élégance ; et, pour
s'en consoler , la jeune fille regardait encore la glace et disait en son cœur : Mais je
suis belle, moi !... Je suis plus belle que ces

grandes dames si magnifiquement vêtues!..

Puis se souvenant tout-à-coup de ce qu'elle avait quitté le matin même, de la cellule, du cilice, de la robe de bure que portaient les Carmélites, elle eut honte de s'être laissée aller à des pensées d'orgueil, et baissa la vue pour ne plus rien remarquer de ce qui l'environnait.

Cependant madame de Soissons avait achevé sa lecture. — Cette pauvre fille est folle! dit-elle, voilà, sur mon âme, une belle vocation! c'était bien la peine d'occuper la Cour et la ville de tout ce grand fracas de dévotion, d'aller prendre l'habit aux Carmélites, pour en sortir au bout de quelques mois! Si du moins elle voulait entrer dans un autre couvent!... Car pour se montrer encore dans le monde à présent, elle n'y doit plus songer.

— Mais elle pourrait vivre dans la retraite, répondit doucement Christine, elle pourrait habiter avec quelque personne pieuse, loin du monde qui l'a déjà oubliée....

— Avec vous, par exemple, ma mie?

— Oui, madame, si ma mère me le permettait.

— Mais cela n'est pas possible. Eudoxie
Martinozzi est de ma famille ; elle nous est
alliée de fort loin, il est vrai, mais enfin elle
peut dire à la rigueur : Ma cousine madame la
comtesse de Soissons, princesse du sang ; mes
cousines mesdemoiselles de Mancini, nièces
de son éminence le cardinal Mazarin ; et dès-
lors peut-elle vivre comme une bourgeoise
dans quelque maison à six étages du quartier
des Halles ?.... Non, cela ne se peut, ma
mie...

Christine rougit un peu, et répondit avec
une certaine fierté : Ce que j'en disais, madame, était pour lui rendre service, et à vous
aussi, car vous semblez embarrassée de lui
trouver asile. Pauvre fille ! voilà pourtant ce
que c'est que d'appartenir aux princes !

— Plaît-il ? fit la comtesse en riant ; vous
ne vous gênez pas pour dire votre façon de
penser, ma mie : on voit bien que vous n'êtes
pas de la Cour.

—Non, Dieu merci ! madame, dit naïvement
Christine, car je ne mens jamais.

— Quelquefois cependant les bienséances,

le respect, obligent à dire ce qu'on ne pense guère.

— Non, madame, jamais; et quand même je parlerais au roi, je ne saurais mentir.

— Comment! fit la comtesse, que cette conversation amusait; comment! ma mie, vous auriez le courage de dire au roi ses vérités? par exemple qu'il est fort aveuglé sur le mérite de certaines personnes?

— Pourquoi pas, madame, si cela lui devait ouvrir les yeux?... Mais ce n'est pas pour vous parler de cela que je suis venue ici, c'est pour cette pauvre Eudoxie Martinozzi qui languit, qui souffre, qui meurt.

— Que voulez-vous que j'y fasse, ma mie?

— Un mot de vous, madame, peut finir son malheur, rien qu'un mot; mais il faut que vous alliez vous-même le dire à la prieure. Eudoxie Martinozzi n'a pas fait de vœux, elle est libre, elle sera libre dès que quelqu'un viendra au couvent pour la recevoir et l'emmener... C'est vous qu'elle attend, madame...

— Vous êtes une pressante solliciteuse, ma mie, et si un jour vous avez quelque procès...

— Ah! pour moi, madame, je ne serais pas si importune, ni si hardie!

— Que ferai-je d'Eudoxie Martinozzi après l'avoir tirée du couvent? dit madame de Soissons, après avoir jeté encore un coup d'œil sur la lettre; la renvoyer en Italie? pourquoi pas? Si ma sœur Marie épouse le connétable, elle l'emmènera... mais en attendant? Allons, je verrai... Revenez ici demain, ma mie; demain vers midi vous saurez mes intentions.

— Demain, madame, je me rendrai à vos ordres. Je vais m'en retourner à présent, Sainte Vierge! par quelle porte suis-je donc entrée ici! je ne m'y reconnais pas; tout y est si beau, si couvert de dorure!...

La comtesse de Soissons se prit à rire, et faisant signe à Christine de se mettre sous ses rideaux, elle lui dit: Attendez un peu, ma mie, et surtout ne bougez pas sans ma permission.

Elle poussa Christine dans la large ruelle qui séparait le lit de la muraille, et le long de laquelle étaient rangés des fauteuils et des coussins; puis tirant un cordon de soie dont les glands traînaient sur le lit, elle sonna ses femmes.

Pendant cette conversation, Marie Mancini et sa sœur écoutaient une histoire que leur faisait le comte de Brienne; c'était quelque merveilleuse aventure imitée de l'Arioste, un roi qui devenait amoureux d'une bergère et voulait la faire reine.

—Il doit y avoir déjà beaucoup de dames dans la galerie, dit madame de Soissons en s'asseyant sur son lit; je vais faire ouvrir...

— Ah! ma sœur! interrompit Hortense, laissez achever ce beau conte de M. de Brienne; le roi Orante est entré dans la cabane de la bergère Lysie, il lui a remis l'anneau d'épousée, et l'on n'attend plus qu'un archevêque pour les marier.

— Un roi qui épouse une bergère! plaisante sornette, ma foi! cela ne s'est jamais vu....

— Vous croyez, ma sœur? fit Marie avec un geste de fière ironie.

— J'en suis sûre. Voyons, monsieur de Brienne, achevez; comment cette bergère

Lysie changea-t-elle sa quenouille contre un sceptre?... Ce roi et cette reine furent-ils heureux en mariage et eurent-ils beaucoup de beaux enfants?

— Je n'ai pas promis un mot de cela, dit le comte en secouant la tête d'un air de fine moquerie; j'ai raconté les amours du roi Orante et de la belle bergère Lysie, et la promesse qu'il fit en lui passant au doigt son anneau royal; mais le conte n'est pas encore fini. Or, voici ce qui arriva : la reine-mère, qui était une très-fière et puissante princesse, ne voulait point pour sa bru d'une gardeuse de moutons, et la belle Lysie fut mise au couvent par son ordre. Tandis qu'elle pleure et gémit loin de son cher Sire, une ambassade arrive avec le portrait de je ne sais plus quelle infante merveilleusement belle aussi, et de plus héritière de trois royaumes. Voyez l'inconstance des amans! Le roi Orante devient amoureux de cette peinture, et il épouse l'infante par ambassadeur. En apprenant cette trahison, la bergère Lysie prend le voile et se fait religieuse au grand couvent du

mont Carmel. La moralité de ce conte, c'est
que les bergères ne doivent pas se fier aux
promesses des rois.

— Cette pauvre bergère Lysie! s'écria Hortense.

— Voilà un conte qui ressemble un peu à
l'histoire de madame de Soissons, dit Marie
en se levant avec un geste de dédaigneuse
colère.

— Prenez garde que ce ne soit plutôt la
vôtre! répondit aigrement celle-ci.

— Ne voilà-t-il pas de beaux propos et de
belles comparaisons! interrompit la bonne
madame de Venelle, avec son autorité de
gouvernante; heureusement que M. le comte
est trop votre ami pour répéter un mot de
ceci.... Allons, la paix! je la demande au nom
de son Éminence.

— Soit, fit Marie; mais il ne faut plus que
madame de Soissons m'attaque ainsi d'aigres
et piquantes paroles; sinon je m'en plaindrai
à mon oncle...

— Si je lui disais tout ce que j'ai sur le
cœur! interrompit la comtesse.

—Allons, la paix ! répéta madame de Venelle; il y a déjà trente visites dans la galerie,
et l'on doit s'étonner qu'il ne fasse pas encore
jour chez madame de Soissons.

— Comment donc ? à six heures du soir !...
pensa Christine ; le soleil se lève donc à re-
bours pour les gens de la Cour ?

—Madame, dit Marie en faisant à sa sœur
une révérence ironique, est-ce pour vous
présenter la chemise que vous m'aviez conviée
à venir chez vous de si bonne heure.

— Ce sera votre droit quand vous assiste-
rez à ma toilette, répondit-elle fièrement :
car je suis la comtesse de Soissons, princesse
de Savoie; et vous, l'aînée des demoiselles
Mancini. Qu'on ouvre à présent.

Un huissier poussa les deux battans d'une
grande porte qui donnait dans la galerie, où
une foule de dames et de seigneurs attendaient
déjà. Christine étonnée, éblouie à l'aspect de
cette belle assemblée, avança un peu la tête
hors de la ruelle.

— Eh bien ! ma mie, fit madame de
Soissons, en lui touchant légèrement la joue

avec son éventail de plumes, ne voilà-t-il pas un beau coup d'œil!... Maintenant sauvez-vous par ce petit cabinet; une de mes femmes va vous reconduire. A demain, mignonne.

— Je n'aurai garde de l'oublier, madame, dit Christine en s'échappant, un peu glo-rieuse d'avoir vu de si près les gens de la Cour, et d'être appelée ma mie par une prin-cesse.

III.

Le même soir, la comtesse se promenait dans le jardin de l'hôtel de Soissons, appuyée sur le bras de M. de Brienne. Sa démarche était languissante ; une longue robe de damas gris traînait sur ses souliers de cordouan brodé, et une coiffe de point d'Alençon couvrait d'un fin réseau les boucles de sa chevelure brune. Elle était ravissante ainsi, et ce costume de malade allait mieux à sa beauté que le riche habit de cour dont elle allait se parer pour paraître au cercle de la reine.

— Que je suis lasse de tout ceci ! dit-elle en

se tournant vers les grandes portes-fenêtres
du salon qui donnaient sur le jardin; voyez
la contenance de Marie : ne dirait-on pas,
parce qu'elle est aimée du roi, qu'elle a déjà
la couronne fermée au front? Orgueilleuse
fille!.... elle ne comprend pas dans quels embarras cette extravagante ambition peut nous
jeter! Elle, reine de France!....

— Eh! eh! fit le comte de Brienne avec
son sourire éternellement railleur; elle y songe,
cela se voit. Vous n'aviez pas eu une telle pré-
tention, madame; pourtant le roi vous a fort
aimée...

— Monsieur de Brienne, interrompit la
comtesse, vous avez toujours quelque parole
piquante, même pour vos meilleurs amis.

— A Dieu ne plaise que ce soit pour vous,
madame! Je vous louais, au contraire, de
cette sage modération qui vous fit repousser
les promesses de sa majesté et épouser M. le
comte de Soissons. Eh! eh! à tout prendre,
il vaut mieux être la femme d'un prince du
sang que la maîtresse du roi...

— Je n'y ai nul regret! interrompit fièrement la comtesse, mais je ne puis souffrir que ma propre sœur aille sur mes brisées.... Savez-vous que son Éminence est fort mécontente, et qu'elle parle d'envoyer Marie à Poitiers ?

— Le roi n'y consentira pas.

— La reine-mère ne souffrira point qu'elle reste à la Cour pendant les négociations pour le mariage avec madame l'infante.

— Ce sera prudent ; sinon le mariage ne se fera pas.

— Mais le roi est le maître et il est amoureux. Il s'est jeté aux pieds de la reine, il a supplié le cardinal.... Qui l'eût cru capable d'une telle faiblesse pour....

— Pour une autre que pour vous ? Eh ! eh ! je connais sa majesté ; son cœur est comme un lit d'hôpital, jamais vacant....

— Ah ! fi donc, monsieur ! quelle comparaison ! un cœur que les plus belles, les plus nobles dames du royaume envient !...

— En tous cas, jusqu'ici, sauf une exception en votre faveur, madame, il n'a pas été bien difficile dans ses attachemens.... Le roi a vingt et un ans, et on lui sait déjà quelques petites inclinations qui ne prouvent en faveur de son goût ni de sa constance. D'abord madame de Beauvais....

— Une borgnesse qui a deux ou trois fois l'âge de sa majesté !.... Il faut qu'elle s'en soit bien vantée, pour qu'on l'ait cru.

— Puis mademoiselle de La Motte ; celle-là du moins est jeune.

— Et sa majesté trouva dans le cœur de cette belle un digne rival ! Chamarante, son premier valet de chambre.... Quelle conquête pour le roi !.... et elle le trompait !

— Il ne s'en est pas autrement soucié, et il s'est consolé ailleurs. L'amour du roi est un feu de paille, il prend tôt et passe vite.

— Son Éminence compte beaucoup sur cette légèreté de cœur. Voilà cependant près d'une année que tout ceci dure....

— Eh ! eh ! le roi ne vous aima guère que six mois durant, madame !....

— Son Éminence se trouve dans de terribles embarras ; elle ne sait comment y remédier.

— Ses ennemis disent qu'elle n'est pas aussi courroucée qu'elle en a l'air des prétentions de sa nièce.

— Le roi et la reine-mère lui rendent plus de justice.

— Le roi, surtout.

— Ah! monsieur de Brienne, vous avez une langue qui pique partout !.... Je vous assure que mon oncle se voue à tous les saints pour sortir de ce mauvais pas.

— Un roi qui lui demande sa nièce à genoux !.....

— Il est trop bon politique pour la lui donner !

— Il est vrai que la reine-mère a dit : —Si mon fils faisait à son sang l'affront de le mêler avec le sang des Mancini, je me mettrais à la tête de la noblesse et de tous les ordres pour venger l'honneur de deux maisons royales !

Madame de Soissons se mordit les lèvres et ne répondit pas; elle avait sa part d'humiliation dans ce propos, mais elle avait trop d'intérêt à ménager M. de Brienne pour ré-

pliquer par quelque parole piquante. Il avait
l'oreille de la reine-mère, et c'était lui qu'elle
consultait volontiers dans les difficultés et les
soucis où la mettait la passion du roi pour
Marie Mancini.

— Monsieur de Brienne, dit-elle après un
moment de silence, donnez-nous donc quelque bon conseil.

— Eh! eh! je ne sais trop comment on
pourra mettre fin à tout ceci. Les contrariétés
attisent l'amour, les sermons et remontrances
n'y font rien, les obstacles l'irritent, et la
violence le décide à tout.

— Eh bien! alors il n'y a rien à faire, interrompit madame de Soissons; il ne nous
reste qu'à saluer de loin le règne de Marie
Mancini.

— Sans doute, si l'on s'y prend mal pour
souffler sur l'amour du roi : jusqu'ici son
Éminence l'a sermonné, la reine l'a tour-
menté, contrarié de paroles sévères ou piquantes; c'était jeter de l'huile sur le feu. On
n'obtiendra rien ainsi, mais il y a un autre
moyen.

—Lequel? au nom du Ciel! Monsieur de
Brienne, il fallait le dire plus tôt.

—Il n'y a rien de tel que l'amour pour
chasser l'amour : il faudrait montrer au roi
quelque nouveau visage, mais d'une beauté
si fraîche, si jeune, si parfaite, qu'il en fût
tout d'abord frappé.

La comtesse arrêta M. de Brienne; tous deux
se regardèrent; la même pensée leur était
venue, et ils sourirent en ouvrant les yeux
d'un air d'intelligence.

—Cette fille qui est restée une demi-heure
dans la ruelle de mon lit, cette après-midi,
est d'une beauté merveilleuse; vous l'avez
remarquée, monsieur le comte?

—J'en ai été frappé, tout ébloui, et je l'ai
vue avec des yeux de soixante-dix ans.

—Il faut la montrer au roi! il en sera ravi
tout d'abord.

—De l'humeur dont je le connais, cela peut
aller vite; et mademoiselle Marie Mancini serait encore plus tôt oubliée que vous ne l'avez
été, vous, madame de Soissons.

— Nous aurions rendu un grand service au cardinal, à la reine, à l'État...

— Et satisfait un dépit fort légitime, interrompit le comte de Brienne ; votre droit d'aînesse serait par trop méconnu, madame, si Marie Mancini devenait reine de France. Elle a déjà dit que pour vous consoler elle vous nommerait surintendante de sa maison ; au fait, c'est une belle charge !

— L'insolente ! s'écria madame de Soissons, il faut que je dise ce propos à mon oncle ! oh ! je me vengerai, monsieur de Brienne !...

— Eh ! eh ! le moyen est sous votre main.

— Merci de votre bon conseil ; j'en profiterai, monsieur le comte. Faut-il en parler à son Éminence ?

— Non, non. Si vous échouiez !... Après le succès, bien : on pourra s'en faire honneur.

— Rentrons dans la salle maintenant ; Marie doit penser là-bas que nous tramons quelque chose contre elle.

— Il me semble qu'elle n'aurait pas tout-à-fait tort : mais entre bonnes sœurs on ne se brouille pas à mort pour cela. Vous lui pardonnerez d'avoir été aimée du roi.

— Oui, le jour où elle consentira à épouser le connétable Colonne.

— Alors ce ne sera peut-être pas de sitôt.

Madame de Soissons reprit le bras du comte, et dit languissamment : Rentrons, voici l'heure d'aller chez la reine, et il faut que je me mette en habit de cour. Voyez Marie : elle est déjà parée et toute triomphante de voir ce soir son cher Sire.

— Eh! eh! c'est ainsi qu'elle l'appelle : la reine en a une grande colère.

— Pourtant elle souffrira, ce soir, qu'en sa présence le roi entretienne Marie, puis les tendres regards, les mots à l'oreille.

— La reine est habile et prudente; elle a vu beaucoup d'événemens, et elle a appris à ses dépens qu'il faut vouloir ce qu'on ne saurait empêcher.

— Voilà une grande maxime, fit madame de Soissons avec ironie; elle pourrait servir les desseins ambitieux de Marie Mancini, mais nous sommes là!...

IV.

Le lendemain, avant midi, Christine attendait dans l'oratoire de la comtesse de Soissons.
Sa première pensée, en entrant dans ce séjour
de prière et de recueillement, avait été une
comparaison; elle s'était souvenue de la cellule
des Carmélites. Quelle différence de ces murs
blancs et nus, de ces meubles si pauvres, de
ce lit dur et misérable, à la tenture de cuir
doré, au prie-Dieu élevé sur des degrés comme
un trône, aux siéges recouverts de housses
traînantes! Qu'il était facile de rêver, de
prier, d'aimer Dieu dans ce lieu si rempli de

gracieuses images ! Ici rien ne rappelait l'enfer ou la mort. On ne voyait entre les cadres
dorés que la Vierge et son bel enfant Jésus,
assis parmi les fleurs, ou bien quelque glorieuse sainte environnée de palmes; la religion
avait revêtu ses formes les plus riantes, ses
symboles les plus touchans, pour ne pas effrayer les âmes mondaines qui parfois venaient
se recueillir dans ce sanctuaire. Ce mélange de
dévotion et de luxe voluptueux avait quelque
chose de ravissant, d'ineffable pour une âme
naïve et croyante; elle s'y reposait doucement
satisfaite, elle adorait dans une muette et
tendre contemplation.

Christine n'osa point s'asseoir dans ce mystérieux séjour; elle se mit bien dévotement à
genoux devant le prie-Dieu, et prenant le rosaire de sa mère, qu'elle portait toujours à
son cou, elle commença ses *Ave Maria*. Mais
une distraction invincible arrêtait la prière
sur ses lèvres; elle se laissait aller à de vagues
pensées, à des émotions inconnues. Il lui semblait que, pour la première fois, elle se sentait complètement vivre dans cet air chargé

de parfums, au milieu de ce luxe, de ces grandeurs.

— Oh ! mon Dieu, dit-elle, qu'on est bien
ici ! que j'y vivrais heureuse ! C'est dans une
cellule comme celle-ci que je voudrais me
faire religieuse. Partout des fleurs, des madones, de belles saintes !.... partout l'image
de la gloire éternelle, du paradis, et nulle part
l'enfer... L'enfer ! la mort ! on s'en souvient,
on les voit face à face aux Carmélites !...Hélas !
ma mère !...

Chaque fois que Christine revenait à ce souvenir, il brisait toutes ses espérances et toutes
ses joies. Elle joignit tristement ses mains,
baisa son chapelet et recommença ses *Ave
Maria*.

Mais bientôt des pas pressés se firent entendre ; Christine se leva fort émue ; la porte
s'ouvrit brusquement, et Eudoxie Martinozzi
entra toute pâle, toute rayonnante, comme
folle de joie ; madame de Soissons venait derrière elle, en haussant les épaules.

— Je suis libre ! s'écria Eudoxie, en se jetant impétueusement dans les bras de Chris-

tine. Ah! que Dieu et sa sainte mère vous rendent le bien que vous m'avez fait!... c'est votre bonne volonté, c'est la bonté sans pareille de madame de Soissons, qui m'ont sauvée du couvent!...

—Ne m'en faites jamais repentir, interrompit la comtesse.

— Je n'oublierai jamais ce que vous avez fait pour moi, madame, et désormais je ne me conduirai que d'après vos conseils.

—Alors vous retournerez bientôt en Italie?

— Je ne demande pas mieux.

— Si ma sœur Marie y va, comme je l'espère, vous l'accompagnerez.

—J'irai avec qui vous voudrez, partout où vous voudrez, pourvu que ce ne soit pas au couvent. Ah! je suis dehors, je suis libre!... quel bonheur!... je vais, je viens comme il me plaît! Qu'il fait bon ici! comme l'air y est doux! comme le jour y est éclatant! Aux Carmélites il fait toujours froid et sombre, c'est toujours l'hiver.

Elle se mit à marcher à grands pas, tenant dans ses mains la grosse robe de serge noire

qu'elle n'avait pas pris le temps de quitter ;
puis tout-à-coup elle courut à une petite glace
et se mira d'un air curieux, presque effrayé.

— Ah ! Jésus ! s'écria-t-elle, voici dix-huit
mois que je ne m'étais vue ! que je me trouve
changée !

Elle arracha la grande coiffe qu'elle avait
mise au lieu de son voile blanc, et passant la
main sur sa tête dépouillée, elle reprit : — Mes
longs cheveux aussi je les ai perdus ! ils étaient
si soyeux, si bien frisés !... Oh ! mais ils reviendront, ils reviendront plus épais, plus
doux... je serai belle encore !

— Quelle tête ! fit la comtesse de Soissons ;
et elle se trouve changée ! pas d'une certaine façon, du moins ! M'écoutez-vous, Eudoxie ?

— Je suis tout oreilles, madame, reprit-elle
en commençant une courante.

Christine était stupéfaite ; la Carmélite, la
triste novice au visage si pâle, à l'œil si lan-
guissant, devenait tout-à-coup une personne
toute mondaine, toute pleine de nouvelles espérances, de frivoles pensées, et, pour opérer

cette métamorphose ; il n'avait fallu que passer les grilles du couvent.

— Elle avait raison de me dire qu'il n'y a point ici-bas de peines éternelles, pensa Christine.

— Mademoiselle, dit sévèrement la comtesse en arrêtant Eudoxie par le bras, écoutez-moi, s'il vous plaît, vous danserez ensuite. Vous ne pouvez reparaître dans le monde d'une année au moins ; vous ne pourrez vous montrer nulle part ; on se moquerait de vous, on vous appellerait la béguine ; et comme vous avez l'honneur de m'appartenir, cela ne me convient pas. Vous resterez ici jusqu'à ce que son Éminence ait dit ce qu'elle veut faire de vous. En attendant, vous ne quitterez pas mes petits appartemens.

Mademoiselle, ajouta-t-elle en se tournant vers Christine d'un air tout aimable, j'ai compté que pendant quelques jours vous voudriez bien tenir compagnie à Eudoxie ; vous lui donnerez de bons conseils ; elle vous montrera les airs et les manières qu'elle n'a pas, ce me semble, trop oubliés aux Carmélites. Vous

êtes bien belle, mignonne, mais il vous manque encore de savoir marcher comme il faut
et faire la révérence !

— Vous êtes trop bonne, madame ! répondit
Christine embarrassée ; mais je ne sais si je
dois, si je puis rester ici sans la permission de
ma mère. Si elle ne voulait pas me laisser
venir...

— Dans mon hôtel ? interrompit la comtesse ; eh ! pourquoi refuserait-elle l'honneur
que je veux vous faire ? Allez, elle n'aurait
garde ; d'ailleurs je prends la chose sur moi.

— Alors, madame, je n'ai plus rien à dire,
et je consens avec une joie infinie à passer ici
tout le temps que vous voudrez m'y souffrir.
C'est-à-dire, ajouta-t-elle en se reprenant,
jusqu'au jour de la fête du Saint-Sacrement.

— Pourquoi fixez-vous d'avance ce terme,
mignonne ?

— Parce qu'alors je dois faire une retraite
aux Carmélites ; mais d'ici là, madame, il y a
bien six semaines.

— C'est assez pour ce que je veux de vous,

dit la comtesse avec un demi-sourire ; durant tout ce temps vous serez presque seules ici, mesdemoiselles ; la cour va demain à Saint-Germain-en-Laye.

— Avant leur départ, ne pourrai-je voir ma cousine Marie et ma belle petite cousine Hortense ? demanda Eudoxie.

— Pourquoi pas ? Elles soupent ici ce soir, et je les engagerai à descendre un moment.

— Ma belle cousine, je reviens de l'autre monde ; donnez-moi donc quelques nouvelles de celui-ci. Que fait-on à la cour ? de qui le roi est-il amoureux ?

— Ce doit être du portrait de l'infante, dit la comtesse en se pinçant les lèvres ; car il va l'épouser.

— Voilà qui change bien le sort de certaine personne, et je ne m'étonne plus que mademoiselle Marie Mancini songe à retourner en Italie.

— Elle n'y songe pas assez peut-être pour sa gloire et pour notre repos.

— Vraiment ! s'écria Eudoxie avec un soupir ; hélas ! quand on aime, il ne faut pas que

ce soit en lieu si haut, la tête en tourne. Pauvre Marie ! le roi est si beau !.. Vous le verrez, Christine.

— Je l'ai déjà vu, répondit-elle en souriant, et il m'a parlé.

— Comment! comment! interrompit madame de Soissons étonnée, vous avez déjà
paru devant sa majesté?

— Il y a bien long-temps de cela, fit Christine avec un soupir ; ma mère n'était point
Carmélite alors, et nous demeurions dans une
maison près d'un bois où le roi vint à passer.
J'étais sur son chemin, il m'appela, et je lui
donnai un petit collier de baies d'églantier
que j'avais cueillies dans la forêt; alors il me
toucha la main, et une dame, sa gouvernante
sans doute, me dit : Petite, quelque jour tu
pourras dire : Le roi Louis XIV m'a parlé ! Je
ne me souviendrais plus de tout ceci peut-
être, si la personne qui m'accompagnait ne me
l'eût raconté bien des fois depuis.

— C'est fort heureux pour vous, s'écria la
comtesse, et je parlerai de cette rencontre
au roi ; il voudra vous revoir peut-être.

— Ah ! mon Dieu !

— Oui, pour savoir si vous le reconnaîtrez,
continua la comtesse en regardant fixement
Christine ; le roi vous ferait là un grand honneur. Vous me semblez née sous une bonne
étoile , ma mie...

— Hélas ! madame, je n'en sais rien ; mais
j'ai déjà bien souffert.

— Votre condition peut changer.

— Je suis orpheline, et jamais rien ne me
rendra mon père mort, ma mère Carmélite !

— Êtes-vous riche ?

— J'ai vingt mille écus de dot.

— Et vous êtes belle, fort belle, ma mie ; ne
vous l'a-t-on jamais dit ?

— Hélas! non, madame, si ce n'est....

Elle s'arrêta toute confuse et avec un charmant sourire de naïve vanité.

— Si ce n'est ..... quelque amant?....

— Eh! non, madame, mon miroir.

— Pas mal! fit la comtesse en riant; je vois
par ce propos que vous êtes sincère. Vous me
plaisez, mignonne, et, dès aujourd'hui, je veux
vous rendre tout-à-fait charmante. Il faut d'a-

bord que vous quittiez cette grande coiffe ;
depuis la feue reine, on n'en porte plus de
semblables à la cour.

A ces mots, la comtesse détacha les coiffes
de sa petite main impatiente, et les jeta dans
un coin. Les longs cheveux de Christine se
déroulèrent et retombèrent presque à ses
pieds ; elle était ravissante, les épaules couvertes de ce manteau noir et soyeux, le front
rougissant et le sourire sur les lèvres.

— Vous êtes belle ! répéta madame de Soissons avec une joie intime. Puis, s'approchant
d'Eudoxie, qui se coiffait devant une glace,
elle lui dit : — Je vous laisse ici ensemble ;
apprends-lui, si tu peux, quelque révérence
pas trop gauche. Je reviendrai avant ce soir ;
on vous servira à manger dans votre chambre.
Adieu, cousine.

V.

— ADIEU, cousine! répéta Eudoxie en regardant sortir la comtesse. Que se passe-t-il donc ici? comme elle est bonne aujourd'hui! C'est à vous, ma chère Christine, que je dois cet accueil; je n'espérais pas tant, en vérité!....

— Comment! d'une parente, d'une amie?

— A la cour il n'y a guère de parens, et encore moins d'amis. A présent que je suis ici, il me semble que c'est un miracle d'y être revenue! Je comptais sur madame de Soissons comme celui qui se noie compte sur le brin de paille qu'il tâche de saisir au-dessus de l'eau.... C'est vous, mon bel ange gardien, qui m'avez sauvée... Vous avez tout fait pour moi, et pourtant vous ne me connaissiez pas!

— Je vous voyais si malheureuse! et je comprends si bien ce que c'est que d'être Carmélite!...

— Jésus! Maria! vous l'avez vu.

— Mais, fit Christine en hésitant un peu, comment vous était donc venue cette fausse vocation?

— D'un dépit, d'une folle jalousie, d'un amour contrarié. Ah! madame de Soissons m'a fait bien du mal alors; mais je le lui pardonne....

— Vous avez aimé quelqu'un qu'elle voulait épouser peut-être?....

— Oh! non, non!.... je n'aurais pas osé lutter ainsi contre elle, ni contre ses sœurs. D'ailleurs, elles élèvent plus haut leurs regards; il leur faut des princes du sang, des alliances royales. Moi, j'aimais un pauvre cadet de Gascogne, nommé le chevalier de Rochemarne. Il était noble comme le roi,

mais il n'avait que la cape et l'épée. Madame
de Soissons se douta de nos amours ; elle savait que le chevalier était trop homme d'honneur et craignait trop son Éminence pour me
vouloir autrement qu'en légitime mariage :
mais il fallait une grosse dot et quelque bonne
charge pour nous établir convenablement à
la cour ; or, c'est ce qu'on ne voulait pas faire
pour moi. Madame de Soissons raconta tout
au cardinal, qui me fit venir et me malmena
fort. Malgré ses grandes richesses, c'est
l'homme le plus ladre de toute la terre quand il
ne s'agit pas de lui ou de ses chères nièces. La
peur de donner quelque chose le rendit fort
dur pour moi. Il méprisa ce pauvre Rochemarne ; il l'appela rat d'hôpital, petit hobe-
reau, noble d'hier !.... comme si nous valions
mieux, nous, sa famille !.... En vérité, un
pauvre marchand de la petite ville de Mazara,
obligé de fuir après une certaine banqueroute
et de gagner son pain en fouettant deux mauvais chevaux sur le chemin de Rome à Flo-
rence ! Ne voilà-t-il pas une belle origine ?...

—C'est étrange ! fit Christine ; je me nomme

de Mazara comme le pays où est né monseigneur votre parent.

— Peut-être, répondit Eudoxie sans s'arrêter beaucoup à cette remarque, peut-être
vos ancêtres furent-ils seigneurs de cette ville,
où mes nobles aïeux étaient marchands de
drap. Quoi qu'il en soit, le cardinal me dé-
fendit de penser davantage à Rochemarne,
et il lui fit dire d'aller où il voudrait, pourvu
que ce fût en un lieu où la cour ne vînt jamais. Rochemarne obéit, et, pour me consoler, on me conta qu'ayant perdu tout espoir
de m'épouser, il se laissait aimer par une riche veuve. Alors je tombai dans une langueur
mortelle, puis dans une grande dévotion. Je
voulus faire voir à Rochemarne que les cœurs
comme le mien n'avaient qu'un seul amour,
et que, ne pouvant être à lui, je ne serais qu'à
Dieu. Je fis grand bruit de ma résolution ;
elle me sembla un grand exemple pour le
monde ; il y applaudissait. J'entrai aux Carmélites glorieuse et résolue, comptant bien
que de son côté Rochemarne allait se faire

capucin.…. Hélas ! il se maria la même semaine
que je pris l'habit !….

— Ah ! l'abominable homme ! interrompit
Christine ; quelle inconstance !

— J'en fus navrée d'abord, et je me tournai
vers Dieu de toute mon âme, pour oublier
enfin celui qui m'avait sitôt oubliée. Mais,
à mesure que je m'en détachais, le sacrifice
que je fis à ce premier amour me sembla trop
grand ; je revins malgré moi vers ce monde
que j'avais quitté pour lui. Au bout d'un an,
tous mes sentimens d'amour ou de haine s'é-
taient effacés ; il ne me restait que le désespoir
de m'être bien volontairement enterrée vivante. Mon cher ange, c'était fait de moi si
vous n'eussiez soulevé la pierre de mon tombeau.

— A présent, vous n'aimerez plus aucun
homme, dit gravement Christine.

— Qui sait ? fit Eudoxie avec un soupir ; je
ne regrette pas Rochemarne, mais je regrette
mon amour. Enfant ! si vous saviez comme la
vie est belle, quand un amant nous sourit !
Aimer ! être aimée ! c'est un bonheur, une

gloire, un paradis! Quelque jour, vous aussi, vous aimerez, Christine.

— J'aimerai mon mari.

— Quelque beau cavalier de noble tournure, bien à cheval, leste et pimpant comme ce pauvre Rochemarne.

— Peut-être! murmura Christine en rougissant; mais laissons ce propos. Je suis inquiète : voici long-temps que ma pauvre Catherine m'attend là-bas; qui donc ira lui dire de retourner seule au logis, puisque je reste ici quelques jours?

— Un valet fera la commission : je vais appeler.

— J'aimerais mieux y aller moi-même; et puis, notre rue des Marais n'est pas si loin. Si je sortais pour revenir bientôt, croyez-vous que madame de Soissons en serait fâchée?

— Pas le moins du monde. Grâce au Ciel, nous ne sommes point prisonnières; ici il n'y a ni grille, ni porte de clôture. Allez, et revenez bien vite; je vous attends, et, pour prendre patience, je ferai ma toilette et je préparerai la vôtre.

Comme elle achevait ces mots, on gratta
à la porte de l'oratoire, et presque aussitôt
la tête d'un jeune homme parut entre les
portières de soie.

— Mon cousin Philippe! s'écria Eudoxie;
ah! que je suis aise de vous voir!

Il entra sur la pointe des pieds, salua Christine, et baisa la main de sa cousine avec un
geste galant et respectueux. C'était en vérité un leste et charmant cavalier. Une profusion de cheveux blonds et bouclés tombait
sur ses épaules. On pouvait soupçonner que,
selon la mode du temps, c'était une perruque,
mais elle lui allait fort bien. Son justaucorps
de soie gris d'argent avait des broderies sur
toutes les coutures ; ses souliers de cordouan
portaient sur le coude-pied des rosettes plates,
et toute sa personne était chamarrée de rubans
et d'aiguillettes.

— Ma petite cousine, dit-il d'un air précieux qui lui allait bien, vous voyez un de
vos meilleurs amis, et celui peut-être que
votre retour contente le plus.

— Je le crois, mon cousin, et je vous en

remercie fort! Hélas! il y a si peu de gens
qui m'aiment!

— Ingrate! vous savez bien le contraire;
j'en sais plus d'un qui vous a au contraire fort
aimée, et sans la peur qu'on a de son Éminence...

— J'aurais pris un mari au lieu d'aller au
couvent; chacun sait cela, mon bon cousin
Philippe : mais enfin, puisque c'est la volonté
de monseigneur le cardinal que je meure
vierge...

— Il n'a jamais dit cela , cousine, jamais...

Christine attendait pour s'en aller que Philippe Mancini laissât le passage libre; mais
il était toujours là les yeux fixés sur elle et debout devant la porte.

— Pardon , monsieur, dit-elle enfin toute
rougissante et en lui faisant une révérence
jusqu'à terre.

— Mademoiselle, je me mets à vos pieds ,
fit-il en reculant et en saluant; voulez-vous
me permettre de vous donner la main jusqu'en
bas?

Elle hésita. Eudoxie, très au fait de l'éti-

quette, crut que c'était parce que son cousin
ne s'était pas nommé, et s'avançant gravement
elle dit : Mademoiselle, je vous présente le
marquis Philippe de Mancini, neveu de son
Éminence et frère de madame de Soissons.

Maintenant, allez!... ajouta-t-elle en riant
et en mettant la main de Christine sur le bras
de son cousin; allez, et que le Seigneur soit
avec vous!...

VI.

Lorsque Christine fut dans la rue, il lui sembla qu'elle respirait plus librement, que son régard ébloui redevenait net et lucide. Mais dans sa tête il y avait encore beaucoup de pensées, dans son cœur beaucoup d'émotions; elle marchait vite appuyée sur le bras de Catherine, et plus d'une fois l'idée lui vint d'aller au couvent des Carmélites pour tâcher de voir sa mère. Mais l'inutilité de cette démarche était évidente; sœur Saint-Jean-de-la-Croix n'aurait pas obtenu la permission de descendre au parloir.

— Allons, pensa la jeune fille, ce n'est point

une faute de demeurer à l'hôtel de Soissons ;
c'est tout au plus si je serai exposée à y commettre quelque petit péché d'orgueil. Bon
Dieu ! Voilà une retraite bien différente de
l'autre ! Qui m'eût dit, il y a deux jours, quand
j'étais couchée sur cette dure paillasse, entre
un bénitier et une tête de mort, que bientôt
je dormirais dans le logis d'une princesse,
sous des courtines de soie !

En arrivant à la porte de sa maison, Christine trouva un homme qui, après avoir long-
temps et inutilement frappé, attendait sur le
seuil ; c'était Denis Rabanel.

— Qu'y a-t-il donc de nouveau, monsieur,
que vous êtes sitôt revenu ? dit Christine troublée et avec un vague malaise.

— J'ai voulu vous venir faire mes adieux,
répondit-il tristement.

Elle entra dans la maison, et, le menant
dans la salle, elle lui offrit un siége, puis
elle s'assit et dit avec un accent plutôt étonné
que triste :

— Ah ! vous partez ! pour long-temps peut-
être ?

— Quoi qu'il puisse arriver, je serai ici pour la fête du Saint-Sacrement; c'est dans un peu moins de six semaines. Les affaires de mon négoce m'obligent à ce voyage; c'est en Provence que je vais.

— En Provence, au pays de ma mère? La Carducha m'en avait souvent parlé. Là-bas, au bord de la Durance, il y a un vieux château environné de forts remparts et couronné de tourelles. Que je voudrais le visiter! ce serait pour moi un pélerinage; ma mère y est née.

— Qui sait si ces souvenirs de votre noble famille ne vous éloigneraient pas du bourgeois Denis Rabanel !

Elle secoua la tête.

— Non, reprit-il en la regardant avec amour; non, je ne le crois pas : jamais aucune pensée de dédain ou d'orgueil ne paraîtra sur ce front modeste. Vous êtes humble, belle et pure comme la sainte Vierge ! Oh ! dites-moi que, pendant mon voyage, vous prierez pour moi. Cela me portera bonheur. Hélas! bien que séparé de vous ici, bien que votre présence si chère me soit refusée comme si une

distance fort grande se trouvait entre nous,
j'ai peine à quitter les lieux où vous vivez ! Il
me semble que quelque grand malheur doit
arriver à mon amour quand je serai si loin, si
loin, qu'il faudrait plusieurs jours pour venir
près de vous si vous me rappeliez !

Elle sourit comme pour le rassurer, et dit
faiblement : Je songerai à vous, et je prierai
Dieu pour vous pendant cette absence. Six
semaines ! c'est un terme bien court.

— C'est l'éternité pour qui vous aime et
s'en va loin de vous !

— Et vous partez ?

— Ce soir.

Il y eut un silence. Christine avait à cœur
de dire ce qui lui était arrivé et en quel lieu
elle allait passer ces six semaines ; mais elle ne
savait comment entamer son récit. Le sentiment d'orgueil qu'elle avait éprouvé en se
trouvant dans une si belle et si noble compagnie se taisait devant Denis Rabanel ; elle
était presque honteuse de lui avouer qu'une
grande dame lui faisait amitié et l'appelait
mignonne. Son embarras et son hésitation

croissaient de moment en moment; enfin, ne pouvant prendre sur elle de parler, elle poussa son pliant près du métier à broder, et se mit à l'ouvrage.

Denis Rabanel la regardait faire dans une muette adoration; il se recueillait pour jouir des derniers instans de cette vue si chère; il lui semblait emporter ainsi quelque chose d'elle.

— Je m'en vais heureux pourtant! fit-il en mettant une main sur son cœur; fasse la Vierge notre Dame que je revienne de même! Je vous laisse sous la protection de cette sainte patronne; son image est là qui veille sur vous.

Christine leva les yeux sur un petit tableau de la Vierge placé sur la cheminée; puis, touchant son chapelet, elle dit : —J'ai encore une autre relique bien précieuse!... oh! celle-là ne me quittera jamais!...

Denis Rabanel rapprocha son siége de celui de Christine, et n'osant lui prendre la main, il toucha le bout de sa robe et dit : — Tout ce qui vous appartient m'est comme une relique, car je vous aime et vous vénère à l'égal

d'une sainte. Ah ! qu'une fille jeune et sage
est une belle image de la mère de Dieu ! Elle
a sa miséricorde et sa pureté sans tache ; le
regard d'un homme n'ose se fixer sur son
front où reluit comme une auréole. Ma belle
sainte Christine, je vous adore...

— Je ne suis pas une sainte ! s'écria-t-elle
en rougissant un peu ; je suis une pauvre fille
toute pleine de défauts et d'imperfections; mais
du moins je me connais et je suis humble ;
ne tentez pas de me rendre orgueilleuse.

— Quand vous le seriez un peu , Dieu vous
le pardonnerait et moi aussi...

— Vous êtes indulgent plus qu'un confesseur; quand j'aurai péché, c'est à vous que
j'irai demander l'absolution.

— Et vous l'aurez toujours, toujours... Ah !
quel paradis que cette maison où vous serez
la maîtresse, où chacun vous aimera, vous
obéira ! Vous y retrouverez une mère bonne
et sainte comme celle qui ne vit plus pour
vous.

Les yeux de Christine se remplirent de
larmes.

—Hélas ! ma mère ! s'écria-t-elle ; que j'aurais besoin d'elle à présent !... J'ai peur en me
voyant ainsi seule, ne sachant souvent que
faire et de qui prendre conseil !..

Denis Rabanel se méprit à ces paroles ; il se
les appliqua et crut qu'elles exprimaient un
remords de l'avoir si complaisamment et si
long-temps écouté.

—Pardonnez, dit-il ; je vous dis trop haut
tout ce que j'ai au cœur ; il faut attendre encore
et me taire.—Eh ! le pourrais-je si je ne partais
pas ! adieu, songez à moi, à votre promesse ;
adieu, Christine.

Il lui prit la main, la serra sur sa bouche,
sur ses yeux, et sortit précipitamment en s'é-
criant : Dans six semaines ici... près de vous,
pour toujours !...

Christine resta accoudée sur son métier ; sa
main distraite nouait et dénouait au hasard
les soies.

— Ce bon Denis Rabanel, pensait-elle,
comme il m'aime !... comme il était triste de
me quitter !... et moi ?... hélas ! je ne sais pas...

Ce n'est pas parce qu'il partait que j'ai pleuré !
j'aurais dû lui dire où je vais peut-être....
pourquoi donc n'ai-je pas osé ?

Elle se leva et fit lentement le tour de la
chambre : une sorte de malaise, d'ennui, l'ac-
cablait; elle aurait voulu rester, et pourtant
elle arrangeait tout pour retourner à l'hôtel
de Soissons. Ses yeux s'étaient bien vite ha-
bitués au luxe, à l'élégance d'une demeure
presque royale; elle se sentait triste en regardant le modeste ameublement de cette salle
où elle avait passé tant d'années sans rien dé-
sirer ni regretter. Le sang de Giulio de Mazara
se réveillait en sa fille; elle aimait d'instinct
le luxe, les parfums, les molles voluptés. Son
âme timide et moins énergique encore que
celle de sa mère craignait la douleur, les trop
vives impressions; elle se brisait au choc des
passions; c'était une belle fleur blanche,
pure, délicate, qui vivait dans une atmosphère
tiède, sans orage, mais qu'un rayon de soleil
aurait bientôt flétrie. La solitude lui faisait
peur; les lugubres images de la pénitence et
de la mort la glaçaient; il lui fallait une reli-

gion riante, des pratiques faciles et quelqu'un
à aimer.

— Mademoiselle, dit Catherine en entr'ouvrant la porte, où irons-nous au salut, ce soir?

— Je n'irai pas, ma bonne, répondit Christine avec quelque embarras; je ne t'ai pas
dit.... tu ne sais pas encore..... je ne couche pas
ici ce soir...

— Vierge sainte! vous retournez aux Carmélites!

— Non, ma bonne, non; je retourne à ce
bel hôtel où nous sommes allées hier et ce
matin.

Catherine ouvrit de grands yeux, et dit en
hochant la tête : Chez une princesse?...

— Chez la nièce de son Éminence le cardinal Mazarin.

— Pourvu qu'elle soit aussi sage et ver-
tueuse qu'elle est grande dame! mais l'on ne
craint guère Dieu dans le monde... Je ne suis
qu'une pauvre vieille femme sans esprit, mais
je sais bien qu'il faut se méfier des riches et
des puissans de la terre; ils n'ouvrent la main
sur nous que pour prendre et châtier. Vous

êtes fort belle, mademoiselle; votre beauté est un trésor que vous manifestez à la vue de tous, et il y a tant de larrons!... Prenez bien garde!

— Oui, je prendrai garde, répéta Christine toute rêveuse.

— Vous êtes peut-être trop sage et innocente, reprit la vieille servante, et c'est pour cela surtout que j'ai peur. Ah! qu'il eût mieux valu que M. Denis Rabanel vous épousât avant son départ, vous seriez restée femme; mais une fille, une pauvre fille! je sais ce que c'est, moi, je l'ai été! Pauvre brebis! gare le loup! faites bien attention à tous les traquenards qu'on armera sous vos pieds!

— Tu vas me faire peur! interrompit Christine avec un sourire ingénu; parle donc sans parabole. Que puis-je craindre? des œillades, des paroles d'amoureux?... va, va, je me figure ce que tout cela vaut, et je ne m'en soucie guère.

— Des œillades, des paroles? laissez regarder, laissez dire, ce n'est rien, cela; mais écoutez-moi bien, mademoiselle : si jamais homme voulait vous embrasser, tuez-le plutôt que de le laisser faire; oui, tuez-le, ce n'est pas un péché.

La vieille servante fit le geste d'un air si courroucé, que Christine la regarda avec un mouvement d'effroi.

— Oui, répéta-t-elle, tuez-le, sinon votre honneur est mort! Je ne vous en dis pas davantage.

— C'est bien assez, fit Christine, je m'en souviendrai; mais tuer un homme!... pour... pour un baiser...

VII.

Il y avait cercle ce soir-là chez madame de Soissons; le roi y était, et toute la jeune cour avec lui. Cette belle assemblée se tenait dans le grand salon, dont les fenêtres s'ouvraient sur le jardin ; on ne voyait tout d'abord que plumes, rubans, broderies, bijoux étincelans ; c'était comme un grand parterre mouvant, sous les clartés de cent bougies. Les dames avaient l'habit d'été, de taffetas rose ou blanc, avec les manches au coude; l'air était tout embaumé des senteurs qu'exhalaient leur chevelure, leurs gants de peau d'Espagne, leurs mouchoirs de dentelle, et leurs bouquets.

Marie Mancini était la véritable reine de
cette fête, et madame de Soissons semblait
n'être là que pour lui en faire les honneurs.
Les courtisans s'étaient bien vite proster-
nés devant celle que l'amour du roi environnait de soins empressés. Marie jouissait en
souveraine de leurs hommages : assise devant
une fenêtre dont les rideaux entr'ouverts formaient comme un dais au-dessus de sa tête,
un léger éventail à la main, le front couronné
d'une double guirlande de roses, elle promenait un regard fier et joyeux sur cette cour
qui déjà se mettait à ses pieds.

Le roi se tenait debout derrière elle, le chapeau à la main et appuyé sur le dossier du
fauteuil. Rien ne le distinguait des seigneurs
de sa suite que son cordon bleu, son beau visage et la majesté de toute sa personne. Il ne
bougeait d'auprès de Marie Mancini, lui parlant bas quelquefois, le plus souvent la regardant sans rien dire.

La gouvernante, madame de Venelle, qui
avait les ordres du cardinal, se tenait le plus

près possible, et tâchait de rompre tout entretien secret entre Marie et son royal amant.
Un peu plus loin le comte de Brienne et madame de Soissons se parlaient souvent à voix
basse. Parfois la musique mêlait ses joyeux re-
frains au murmure de ces conversations croisées, abandonnées, reprises par deux cents
personnes qui faisaient assaut d'esprit et de
galanterie. Après que les violons eurent joué
plusieurs intermèdes, le roi pria Marie Mancini de chanter ; elle avait la voix belle et jouait
du luth à ravir.

— Sire, dit-elle avec une soumission co-
quette, quand vous priez, il faut obéir !

Madame de Soissons s'était levée ; le comte
de Brienne la suivit devant une fenêtre, où
elle s'accouda comme pour prendre l'air.

—Eh ! eh ! fit-il, les choses vont bon train
ce soir.

— Pourtant son Éminence a fort sermonné Marie et le roi lui-même cette après-
midi.

— Nous voyons ce soir le fruit du sermon.

— L'on a reçu des lettres d'Espagne, qui

prouvent qu'on sait quelque chose de tout ceci
à la cour de Madrid : son Éminence craint
quelque obstacle au mariage du roi.

— L'obstacle est ici et non là-bas.

— Son Éminence dit que l'esprit de l'infante
pourrait en recevoir quelque fâcheuse impres-
sion.

— Pensez-vous que le roi s'en soucie? songe-
t-il en ce moment s'il existe une princesse
d'Espagne, s'il doit l'épouser, si la paix entre
deux grandes nations est à ce prix? Non, non,
il est amoureux et il oublie tout en ce moment.

— Je l'en ferai souvenir, moi! fit madame
de Soissons avec un rire amer. Et elle retourna à sa place.

Marie chantait en s'accompagnant du luth;
c'était un geste, un regard, une voix de si-
rène; on l'écoutait dans un profond silence;
il semblait que ces sons, doux et puissans,
eussent un écho dans le cœur du roi. Il était
ému, souriant, et son regard tombait sur Marie
avec une indicible expression de protection et
d'amour.

— Eh bien! sire, fit-elle en laissant aller

son luth, aimez-vous cette petite chanson pastorale ?

— J'aime tout ce qui vient de vous, murmura-t-il, et vous par-dessus tout.

Madame de Soissons avait pris le luth des mains de sa sœur, et semblait attendre une invitation du roi pour commencer.

—Eh bien ! madame, fit-il, continuez ! après le rossignol, la fauvette.

Elle préluda un moment ; on fit silence.

—Que chanterai-je ? dit-elle de cet air doux et nonchalant qui lui allait si bien ; que chanterai-je ?.... j'attends les ordres de votre Majesté.

—A Dieu ne plaise que je vous en donne, madame, s'écria-t-il ; je me fie trop à votre goût. Chantez ce que vous aimez.

— Et si c'était quelque vieille chanson, sire, quelque chanson comme en composait Henri IV, votre aïeul ?

— Elle me plairait fort.

Et il se mit à fredonner d'une voix passablement fausse :

Charmante G ,·

— Eh bien ! reprit madame de Soissons, je vais chanter les adieux de madame Élisabeth de France, de l'auguste mère de notre future souveraine.

A ces mots il se fit un grand silence, et tous les yeux se tournèrent sur Marie ; elle regardait le roi , qui avait légèrement rougi en détournant la vue.

— C'est la chanson que composa madame Élisabeth en partant pour l'Espagne, continua imperturbablement madame de Soissons; mademoiselle d'Épernon, maintenant religieuse aux Carmélites , me l'a apprise.

Elle préluda un moment et chanta d'une voix faible et suave :

> Au beau pays que j'aime
> J'ai dit de longs adieux ;
> En vain sous d'autres cieux
> M'attend un diadème.
> France, mon cœur reste avec toi ;
> Tu vaux mieux que l'hymen d'un roi !
>
> Rivage de la Seine ,
> Louvre , mon beau palais ,
> Ici que je serais
> Heureuse souveraine !

France, mon cœur reste avec toi ;
Tu vaux mieux que l'hymen d'un roi !

Sur le trône d'Espagne
Philippe attend ma main :
Qu'en ce pays lointain
Ton amour m'accompagne !
France, mon cœur reste avec toi ;
Tu vaux mieux que l'hymen d'un roi !

Madame de Soissons posa son luth et dit avec cette liberté enjouée que le roi lui avait laissé prendre au temps de leurs amours :

— Eh bien ! sire, vous n'applaudissez pas ! Faudra-t-il vous demander grâce pour la poésie de la reine votre tante ?

— Elle est un peu passée de mode, répondit-il d'un air froid, et je doute qu'elle fût fort goûtée à l'hôtel de Rambouillet.

— Eh ! eh ! la chanson est bonne, dit le comte de Brienne à l'oreille de madame de Soissons ; mais si vous ne comptiez que là-dessus….

— La soirée n'est pas finie, j'ai encore une surprise à ménager au roi.

— Ah ! ah ! déjà !…

— Il faut nous hâter, sinon….

La musique continuait, et Marie Mancini, un peu revenue des paroles que sa sœur avait osé faire entendre au roi, souriait encore et semblait défier quiconque se mettrait entre elle et son royal amant. Son empire paraissait désormais assuré; elle n'était pas la plus belle dans cette cour brillante, mais le roi était accoutumé à ces jeunes et charmantes personnes qu'il avait vu naître et grandir autour de lui; leurs grâces, leurs coquetteries ne le frappaient plus, et si le galant escadron de filles d'honneur de la reine eût donné l'assaut à son cœur, il aurait été repoussé avec perte par les jolis yeux de Marie Mancini.

Cependant la soirée avançait, et madame de Soissons, toujours nonchalante et le souris aux lèvres, semblait oublier tout autre soin que celui de présider aux divertissemens de la noble assemblée réunie chez elle.

— Vous aviez promis quelque chose pour ce soir! lui dit en passant le comte de Brienne.

— Je le tiendrai; quand je me lèverai, suivez-moi, répondit-elle. Et se tournant vers la gouvernante de ses sœurs elle lui parla bas un moment.

— Mademoiselle, dit la bonne madame de Venelle en se penchant à l'oreille de Marie Mancini, il y a là-bas dans l'oratoire de madame la comtesse une personne qui désirerait fort vous voir.

— Qui donc? fit-elle curieuse.

— Une pauvre fille qui n'ose pas se montrer ici ce soir, une mauvaise tête dont je vous ai toujours prédit les folies, Eudoxie Martinozzi.

— Comment! elle n'est plus aux Carmélites!

— Elle est ici depuis ce matin.

— Sans doute je veux la voir! mais que me va-t-elle dire à moi qui lui ai tant fait de remontrances sur son amour et sa dévotion? Pauvre folle! amoureuse d'un Gascon et novice aux Carmélites! une âme plus sainte que la sienne s'y serait damnée. Mais pourquoi ce soir? Je puis attendre demain.

— Demain la cour va à Saint-Germain, et vous êtes du voyage.

— Je n'ai garde de l'oublier! allons donc voir un moment cette pauvre Eudoxie.

Il y avait plus de dédain que de pitié dans la manière dont ces mots furent dits. Marie Mancini n'aimait pas cette parente que madame de Soissons avait laissée venir d'Italie, et qu'elle protégeait contre les autres nièces du cardinal, qui ne voulaient pas l'appeler cousine.

— Vous allez voir une personne fort malheureuse et fort humiliée, dit madame de Soissons d'un air hypocrite; ayez pour elle quelque miséricorde.

Marie se leva sans répondre et passa son bras sous celui de madame de Venelle.

— Où allez-vous, Marie? dit le roi qu'elle regardait en souriant avec un petit signe d'adieu.

— Je m'en vais un moment dans l'oratoire de madame de Soissons; quelqu'un m'y attend.

— Ce n'est pas votre confesseur, sans doute?

— Oh! non! je n'aurais garde! ici les murs ont des oreilles.

Elle s'éloigna. La comtesse vint près du roi et lui dit avec mystère: — Sire, n'avez-vous

pas envie de savoir avec qui Marie a un rendez-vous dans mon oratoire?

— Je vous serais obligé de m'en dire quelque chose.

—Et si je vous le faisais voir?

—Ce serait encore mieux, ma belle Olympe.

—Si votre Majesté était travaillée de quelque soupçon jaloux, cela pourrait l'en guérir.
Il n'y a là-bas que des femmes...

—Qu'importe? j'y veux aller.

— Eh bien! sire , sortez par le jardin et ar-
rêtez-vous devant la cinquième fenêtre à
droite; voilà quelqu'un pour vous suivre.

Le comte de Brienne se trouva derrière le roi ;
ils sortirent ensemble par le jardin, et la
comtesse s'en alla sur les pas de Marie à son
oratoire.

Une galerie séparait cette petite pièce des
salons de réception ; madame de Soissons la
traversa sans bruit, et ouvrit au roi , qui attendait déjà dans le jardin. Puis elle le prit par
la main et le mena à la porte de l'oratoire
en lui disant tout bas : —Passez la tête entre les

deux portières, et regardez un peu à quoi s'oc-
cupent ces demoiselles.

Le roi avança la tête et ne bougea plus. Le
groupe réuni au milieu de l'oratoire eût
fourni le sujet d'un charmant tableau d'intérieur : la lampe suspendue au plafond l'éclai-
rait en plein, et sur le fond obscur de la
tapisserie ressortaient ces figures de femmes,
presque immobiles. Marie Mancini était assise
et jouait avec son éventail, tandis qu'Eudoxie
Martinozzi, debout à son côté, parlait les mains
jointes et les larmes aux yeux. Un peu plus
loin et sous la lampe, dont les pâles reflets
tombaient d'aplomb sur son visage, Christine
écoutait appuyée au dossier d'un fauteuil.
Elle était vêtue d'une robe de taffetas blanc,
et, pour obéir à une fantaisie de madame de
Soissons, elle avait laissé flotter ses longs cheveux noués à l'espagnole avec des rubans ;
elle était belle, si belle dans cette simple parure, que le regard ébloui du roi resta fixé
sur elle et ne se tourna pas vers Marie Mancini.

— Eh bien ! sire, fit la comtesse après un
silence ; que se passe-t-il là-dedans ?

Il se tourna, la regarda en souriant et entra sans répondre. A son aspect, Marie Mancini se leva, alla droit à lui et s'arrêta court devant madame de Soissons qui le suivait; Eudoxie et Christine restèrent immobiles et fort interdites à l'aspect de ce beau cavalier qui se présentait avec si peu de façon.

— Quelle est cette belle personne? dit-il en s'approchant de Christine.

— Sire, répondit madame de Soissons triomphante, c'est une orpheline de noble famille; elle eut autrefois l'honneur d'être remarquée par votre majesté.

— Mais il me semble, vu mon âge et la belle fleur de sa jeunesse, qu'il ne peut pas y avoir long-temps..... Pourtant j'ai oublié.....

— Lorsque vous étiez encore dauphin, sire, une enfant se trouva sur votre passage à la promenade; elle vous offrit un collier : oh! le cadeau n'était pas magnifique ni digne de vous, un collier de baies d'églantier!

— Oui, j'en ai quelque souvenir; une enfant toute petite, toute charmante : la bonne grâce qu'elle mit à son présent me le fit accepter. Oui, oui, je m'en souviens.

Il fit encore un pas vers Christine; et, la considérant avec cette gravité fière dont il ne se départait guère même dans l'intimité, il ajouta : — Je n'aurais pourtant pas reconnu la jolie enfant dans une si belle et grande demoiselle.

Christine fit une profonde révérence; son cœur palpitait; la surprise, la joie, le respect animaient sa physionomie d'une charmante et naïve expression.

— Et vous, mademoiselle, dit madame de Soissons en l'encourageant d'un regard, auriez-vous reconnu le roi?

— Oui, madame, répondit-elle avec une grâce ineffable dans le geste et dans la voix; je l'aurais reconnu non pas aux traits de son visage, mais à la majesté de sa personne.

Le roi la salua en souriant, et, se tournant vers le comte de Brienne, il dit : — Retournons au salon; c'est à regret; j'aimerais mieux rester ici, mais mon absence serait remarquée. Allons, de peur qu'on ne médise.

— Ah! Sire, qui l'oserait?.... s'écria le comte en relevant la portière et en se rangeant pour laisser passer le roi.

Quand il fut parti, Marie Mancini et madame de Soissons se regardèrent, l'une pâle de colère et de dépit, l'autre railleuse et triomphante. Elles se comprenaient bien, et il n'y eut pas entre elles d'explication ; seulement, en traversant la galerie pour rentrer dans la salle, Marie Mancini serra le bras de sa sœur et lui dit d'une voix brève : — Je vous aurais pardonné la chanson de la reine d'Espagne!.... Mais ce guet-apens!....

— J'ai soufflé sur l'amour du roi! répondit madame de Soissons avec une gaîté moqueuse; il n'est pas éteint peut-être, mais il a vacillé!....

VIII.

Le même soir, avant de quitter l'hôtel de Soissons, Marie Mancini monta seule à l'appartement de son frère. Philippe Mancini était alors en disgràce ; le roi et le cardinal l'avaient banni de leur présence pour le punir de certain scandale qu'il avait causé pendant la Semaine Sainte. On ne parlait pas de cela tout haut ; mais chacun savait qu'en compagnie du marquis de Roucy et de quelques autres jeunes seigneurs, il avait mangé gras et dansé toute la nuit du vendredi saint en fort mauvaise société.

Philippe Mancini était assis devant une

table, la tête appuyée sur ses deux mains, l'air
morne et ennuyé ; autour de lui, sur le lit,
sur les siéges, traînait une profusion de vêtemens, de bijoux, d'objets de toilette : on
eût dit l'étalage d'un marchand tailleur.
Marie entra doucement et vint s'asseoir en
face de son frère, en lui faisant signe de renvoyer son valet-de-chambre qui rajustait une
énorme perruque plantée sur un champignon.

Philippe avait fait un geste de surprise en
apercevant sa sœur.

— Ah ! ah ! que se passe-t-il donc là-bas,
que vous prenez la peine de me venir voir ?
dit-il sans se déranger.

— La Cour va demain à Saint-Germain, et
je n'ai pas voulu partir sans vous dire adieu,
mauvais sujet.

— Bien obligé.

— Comment passez-vous votre temps ici ?

— Je m'ennuie fort, j'enrage et je maigris.
Assurément je ne suis pas sur le point de devenir un saint. Est-ce l'ambition de son Éminence que je sois canonisé quelque jour ? ce
n'est pas moi qui ferai cet honneur à la fa-

mille. Si la pénitence que je fais malgré moi me comptait cependant, cela pourrait servir à ma béatification.

— La pénitence n'est pas si rude, mon frère ; vous n'êtes pas aux arrêts dans cet hôtel : promenez-vous dans Paris.

— Je suis las de courir les baigneurs et les cabarets.

— Allez à la comédie, au sermon.

— Je n'y ai plus de goût. Je crois que, pour peu que ceci dure, j'oublierai tout-à-fait mon monde.

— Visitez vos amis.

— Mes amis ! je ne sais plus si j'en ai. Un courtisan disgracié est comme un lépreux pour les gens de la Cour ; chacun le fuit. On dirait que je ne suis plus Philippe Mancini, l'heureux favori de plus d'une grande dame qui feint de ne pas me reconnaître quand je la salue au Cours-la-Reine. Pour voir si j'étais en effet si changé, j'ai essayé ce soir tous mes habits. En vérité je me suis trouvé toujours le même air, leste et galant ! Corbleu ! j'en-

tendais d'ici les violons, et si le roi n'eût pas
été là?....

— Vous seriez descendu?

— Pourquoi pas? quelques précieuses ridi-
cules auraient parlé bas et détourné la vue,
mais beaucoup de belles dames m'eussent
accueilli.

— Vous êtes en terrible discrédit auprès
d'elles.

— Bah! parce qu'on m'exile : mais quand je
serai là pour plaider ma cause près d'elles!...
Ma petite sœur, vous m'aviez promis vos bons
offices auprès de monsieur le cardinal et d'une
autre personne encore plus puissante....

Marie soupira et ne répondit rien.

— Oui, vous m'aviez promis de parler
pour moi, reprit Philippe; mais madame de
Soissons dit vrai, vous ne songez qu'à des
folies.

— Des folies! a-t-elle dit? en tous cas elle
m'en aurait donné l'exemple, et vous m'en
faites comme un reproche! Mais dites-moi,
Philippe, vous ne voudriez donc pas voir la
couronne au front de votre sœur Marie?

— Vous reine !....

— Serait-ce la première fois qu'un roi épouserait une de ses sujettes? Le roi Henri IV, de glorieuse mémoire, ne voulait-il pas épouser Gabrielle d'Estrées ?

— Il le voulait, il ne l'a pas fait, car la mort l'en a empêché à temps. N'avez-vous pas peur de mourir comme mourut Gabrielle ?

Marie regarda fixement son frère et secoua la tête.

— Non, non, dit-elle, je n'ai pas peur du poison, de la mort, de tous ces horribles moyens par lesquels la politique d'autrefois savait mettre au tombeau une reine que l'amour allait mener au trône. J'ai peur d'autres ennemies, j'ai peur de la jalousie envieuse de madame de Soissons et de l'inconstance du roi. Si je pouvais me fier à vous, Philippe, je vous dirais des choses....

— Vous ai-je jamais donné sujet de vous défier de moi, ma petite Marie ?

— Vous m'aimez, je le sais; mais vous avez une tête légère et une langue fort indiscrète...

— Parfois, c'est vrai ; mais quand il s'agit de quelque grand intérêt...

— Le plus grand pour vous, pour moi ; il y va d'une couronne pour votre sœur : entendez-vous, Philippe ?

Il secoua la tête d'un air peu convaincu, disant : — Vous avez contre vous la reine, le cardinal, tous les princes du sang ; ils ne veulent pas...

— Mais si le roi veut ! il est le maître.

— Je ne demande pas mieux que de vous aider dans vos projets, ma sœur ; mais vraiment je ne comprends pas encore comment je pourrai vous être bon à quelque chose...

— En m'aidant à déjouer les trames de madame de Soissons. Si vous vous liguez avec moi contre elle, je me charge d'obtenir votre grâce auprès de son Éminence, et de parler en votre faveur à mademoiselle de Thianges, de la décider...

— Je vous dispense de cette dernière condition, ma sœur ; je ne tiens pas absolument à ce mariage.

— Mais son Éminence y tient fort; une si riche et si noble héritière...

— Un des plus disgracieux visages que l'on puisse voir; il fait tache à la Cour.

— Mais si le roi, en faveur de ce mariage, vous faisait duc de Nevers?...

— Alors!... voyons, ma sœur, ma petite Marie; je suis prêt à signer notre ligue offensive et défensive. Que voulez-vous de moi?

Elle lui tendit la main avec gravité.

— Ceci est un pacte, dit-elle; jurez de l'accomplir.

— Je le jure par Dieu et par mon honneur de gentilhomme! s'écria-t-il fort sérieusement.

Marie sourit; sans doute elle se souvenait en ce moment que le gentilhomme était petit-fils d'un pauvre *vetturino*, et qu'il passait pour ne guère croire en Dieu.

— Vous allez voir si je me fie à vous, dit-elle; il s'agit de me délivrer d'une rivale.

— De l'infante d'Espagne?...

— Eh! non; d'une péronnelle que madame de Soissons a pour ainsi dire présentée au roi, ici, ce soir, dans son oratoire, où j'étais allée, moi, sans me douter du piége qu'on me tendait.

— Je comprends ; je l'ai vue, une jeune fille belle à miracle ; et le roi?...

— Il l'a remarquée, et s'il la revoyait!... Philippe, il faut me délivrer de cette fille. Elle reste ici avec Eudoxie Martinozzi; la Cour va demain à Saint-Germain, vous avez le temps...

— Mais ce n'est pas chose facile ce que vous me demandez là !

— Je le sais ; mais je me fie à votre adresse, à votre bonne volonté : tâchez d'éloigner cette fille ; que madame de Soissons ne l'ait plus sous la main ; que le roi ne la revoie jamais...

— Vous avez donc grand'peur que déjà il en soit épris?... Il ne l'a vue qu'un instant, et depuis plus d'une année il vous aime, sans que rien ait pu le distraire de sa passion.

— Je le connais bien, mon frère ; je sais comment il a aimé madame de Soissons, et comment il l'a oubliée.

— C'est chose qu'elle ne vous pardonnera jamais.

— Elle me l'a prouvé ce soir. Oh ! elle savait bien quel coup elle me portait! Elle m'a bravée, humiliée sans merci! Comme elle a triomphé pendant le reste de la soirée ! Le roi était si froid, si distrait!... et moi, je dévorais ma confusion ; je souriais, pour ne pas donner à madame de Soissons la joie de deviner toutes mes angoisses !...

Des larmes de colère et de dépit vinrent aux yeux de Marie; elle les sécha bien vite, et se hâta d'ajouter : — Ce n'est rien; je pleure d'être environnée de tant de contrainte et de mauvaise volonté !.. Ah! je n'oublierai pas le mal que me font ces gens-ci !... Ils ont raison maintenant de ne pas vouloir que je sois leur reine, car !... Mais pour vous, Philippe, je serai toujours une bonne sœur; je me souviendrai que vous m'avez servie quand tous se mettaient contre moi. Monsieur le duc de Nevers, ajouta-t-elle, un orgueilleux sourire sur les lèvres et des larmes mal essuyées dans les yeux, monsieur le duc de Nevers, la reine Marie

vous ferait le premier seigneur du royaume
et mettrait en vos mains l'épée de connétable !...

— Amen! comptez sur moi!

Marie se leva.

— Adieu, mon frère, dit-elle; je m'en vais
un peu consolée; vous réparerez tout ce tort
qui m'est venu de la malice de madame de
Soissons. Tandis que vous vous occuperez ici
de mes intérêts, je n'oublierai pas les vôtres
là-bas... Embrassez-moi.

Il la baisa au front, et dit en la regardant
entre deux yeux : — Ambitieuse !

Elle sourit à ce mot, et saluant son frère
du geste, elle s'en alla en disant : — Je compte
sur vous, Philippe, pour me délivrer de cette
fille.

— Comment veut-elle donc que je fasse?
murmura-t-il en revenant près de sa table de
toilette et en se mirant; ce n'est pas chose
aisée d'empêcher cette belle fille de reparaître
aux yeux du roi et de devenir sa maîtresse;
je ne vois qu'un moyen, c'est d'en faire tout
d'abord la mienne.

IX.

Le lendemain, Christine s'éveilla sous des courtines de soie, dans une vaste chambre éblouissante de glaces et de dorures; au milieu, il y avait une toilette couverte de fleurs et de parfums : on eût dit l'autel d'un temple dédié à quelque divinité païenne. Les murs étaient ornés de peintures toutes profanes, et dont les métamorphoses d'Ovide avaient fourni les principaux sujets. Un rayon de soleil passait entre les rideaux baissés, et jetait un reflet doré sur les oreillers de satin où deux jeunes têtes reposaient dans une molle attitude.

Christine se souleva lentement et regarda avec une douce joie Eudoxie qui dormait encore.

— Elle m'aime ! pensa-t-elle ; c'est une amie que j'ai pour la vie, elle sera comme ma sœur. Pauvre fille ! ici non plus elle ne doit pas être heureuse ! Quelle dédaigneuse amitié on lui témoigne ! comme on lui reproche les bienfaits, les secours accordés à ce titre de parente ! Ah ! quelque grand et puissant que soit le bienfaiteur, le pain qu'il donne est toujours amer !.... Et cette grande dame, si sévère pour Eudoxie, si bonne pour moi, c'est étrange !... Sans doute elle me traite ainsi parce qu'elle ne me doit rien, et que je m'en irai bientôt !... Si ma pauvre amie pouvait venir avec moi !...

Elle se pencha pour la regarder dormir. Eudoxie avait le front pâle, les lèvres entr'ouvertes ; il semblait qu'une main invisible pesait sur sa poitrine oppressée ; le blanc de ses yeux paraissait seul entre ses paupières contractées.

— Eudoxie ! s'écria Christine avec effroi.

Elle s'éveilla en sursaut, et se jeta hors du lit, en disant d'une voix éteinte : — Quel rêve affreux! je me trouvais encore aux Carmé-lites!

Puis elle regarda autour d'elle, et sourit à tout ce qui l'environnait : elle retrouvait ses habitudes, sa vie d'autrefois; la religieuse re-devenait une légère jeune fille, folle de luxe, de parfums, de parure.

— Bonjour, mon ange sauveur, dit-elle en jetant mollement ses bras au cou de Chris-tine; la cloche ne nous a pas éveillées au-jourd'hui, et nous avons mieux dormi sur ce lit de plumes que sur le lit de paille où j'ai tant pleuré.

Il est tard, ajouta-t-elle en entr'ouvrant les rideaux; déjà, sans doute, madame de Soissons est partie avec toute sa suite; nous restons seules ici avec quelques domestiques. Ah! que nous allons être heureuses!

Vite, habillons-nous! Mes robes de soie, mes fines chemises de toile, mes pantoufles brodées, les voici.... Et ces fleurs, que je les aime! j'en veux mettre une guirlande.... Oh!

mon bel ange, qu'il fait bon vivre dans cet air libre!

Christine, debout à la toilette, tressait lentement ses longs cheveux; son regard restait fixé sur un des tableaux qui tapissaient la chambre. Il représentait une jeune fille belle et modeste, bien qu'elle fût presque nue; ses yeux avaient une divine expression d'amour et de pudeur souffrante; elle écoutait, une main sur son cœur, les paroles qu'un dieu murmurait à son oreille. Le dieu avait des ailes comme un ange, et ses cheveux dorés tombaient en boucles épaisses autour de son visage, plus fier et plus beau que celui d'un chérubin.

— Quelle est donc cette belle sainte à côté de son ange gardien? demanda la simple Christine.

— C'est l'Amour et Psyché. Ils ne sont pas dans le calendrier; ce sont des dieux païens.

Christine se signa. — L'Amour! répéta-t-elle avec une sorte d'effroi. Puis, le regardant encore, elle ajouta : — Il est bien beau!

Eudoxie sourit de ce retour naïf.

— Tout cela n'est que mensonge et fictions, dit-elle, mais j'aime ces riantes images; elles inspirent encore les peintres et les poëtes; partout on les retrouve. Descendons au jardin, et vous verrez ses bosquets peuplés de dieux et de déesses. Tout ce cortége mythologique marche ici avec les saints du paradis; il finira par envahir l'oratoire de madame de Soissons. Dieu me pardonne! cette chambre est toute païenne! il n'y a point de Christ devant lequel nous puissions dire notre prière.

Christine regarda au chevet du lit. En effet, on n'y voyait ni crucifix, ni bénitier de cristal, mais à leur place la figure souriante et joufflue d'un triton couronné de roseaux. Alors, la jeune fille suspendit son chapelet au-dessous du triton, et, s'agenouillant devant la petite croix d'ébène, elle fit dévotement sa prière.

Le jardin de l'hôtel de Soissons était un enclos assez vaste, planté d'ormes et de tilleuls. Tout le long de la façade s'étendait un parterre symétriquement encadré dans des bordures de buis. Des vignes croissaient le long des murs treillissés, et mêlaient leurs

pampres festonnés aux branches flexibles,
aux fleurs empourprées de la grenadille. Un
cyprès s'élevait à l'extrémité du parterre
comme une sombre pyramide : on disait qu'il
avait été planté par Catherine de Médicis, lorsqu'elle posa la première pierre de l'hôtel de
Soissons. Quelque chose de cette reine semblait
habiter encore ce séjour qu'elle éleva. On y retrouvait le goût des beaux-arts, les superstitions,
les molles habitudes de la voluptueuse Italie;
partout des oratoires et des salles de bains,
des madones et des demi-dieux, des crucifix
et des statues antiques, jetés à profusion depuis les caves jusque sur les combles de cette
royale demeure.

A l'extrémité du jardin, entre les ormes dont
elle dépassait les plus hautes cimes, on voyait
une colonne dont le temps avait déjà noirci
la délicate ornementation. Entre ses profondes cannelures, étaient sculptés des emblèmes
de deuil, des miroirs brisés, des lacs d'amour
déchirés, des chiffres symboliques séparés.
Ce monument s'appelait la colonne de la reine
Catherine; sur son large chapiteau on voyait

encore une espèce de cage de fer, qui servit
d'observatoire pour les calculs astrologiques,
sous ce règne, où les astrologues eurent tant
de crédit et d'influence.

Les deux jeunes filles parcoururent le jardin,
appuyées l'une sur l'autre : l'air était doux ; la
fleur des tilleuls secouait ses faibles senteurs
dans l'ombre humide du bosquet, les roses
s'épanouissaient lentement sous un tiède rayon
de soleil ; entre les feuillages immobiles se
dressaient les statues antiques, qui, chassées
de leurs temples, semblaient avoir choisi pour
asile ces mystérieux ombrages.

Les jeunes filles s'étaient assises sur un
banc de gazon, à l'entrée du bosquet. Eudoxie cueillit des boutons de roses, et prit
plaisir à les arranger dans les cheveux de
Christine : elle en mit aussi une guirlande
sur son front ; puis, enchantée de cette fraîche
parure, elle s'écria : — Quels diamans, quels
riches joyaux valent ces belles fleurs?... Ah !
je n'envie pas ces magnifiques bijoux dont les
dames de la Cour sont si fières.... Seriez-vous
contente, Christine, de porter un bouquet de

perles et d'émeraudes, comme hier madame
de Soissons?

— Je ne sais, répondit-elle avec mélancolie,
je n'envie rien, et pourtant les désirs de mon
cœur ne sont pas satisfaits. Tout est splendide
ici, tout me sourit, et pourtant je sens des
larmes dans mes yeux : c'est un bien-être, un
attendrissement, une tristesse que je ne puis
exprimer.... Je pleure, et cependant je suis
heureuse de vivre, de respirer un air si doux,
de regarder le ciel si beau !....

— Enfant! fit Eudoxie en mettant la main
sur le cœur de sa jeune amie; à qui songez-
vous maintenant?

— A ma mère, répondit-elle sans hésiter.

— Et pas du tout à quelque autre image à
peine entrevue peut-être, mais qui pourtant
est restée là; ou bien à quelques paroles d'a-
mour murmurées tout bas?

Christine rougit; car en ce moment elle se
souvint de Denis Rabanel. — L'amour! répondit-elle, je ne le connais pas : je n'ai aimé en
ce monde que ma mère et celle qui était ma
seconde mère, ma pauvre Carducha... Je ne

sais, mais il me semble que nul homme n'aura jamais mon cœur; et pourtant, il est comme dévoré d'un insatiable besoin d'aimer....

— Enfant!... vous rencontrerez quelqu'un qui le remplira.

— Non; celui que j'aime n'existe pas; c'est un être divin dont l'image est cachée au fond de mon cœur. En vain j'en chercherais la ressemblance parmi les hommes. J'entends sa voix dans le murmure du feuillage; son souffle est dans le parfum des fleurs; je le vois dans les ténèbres de la nuit, dans les rayons de ce beau soleil, au ciel, partout! Sans doute, c'est l'ange gardien que Dieu m'a donné!.... Quelquefois je pleure en lui parlant, en le priant tout bas..... Vous souriez, Eudoxie, vous pensez que je suis une pauvre folle, vous ne me comprenez pas.

— Toutes les jeunes filles ont de ces visions-là, mignonne. Hélas! c'est ainsi que j'aimais un ange, un sylphe, un être inconnu, avant d'aimer le chevalier de Rochemarne. M i dites-moi, Christine, parmi les homm.. .. vous ont regardée, vous n'en avez donc encore

remarqué aucun pour sa beauté, sa bonne
grâce, pour ce je ne sais quoi qui charme et
séduit?

— Aucun, en vérité.

— Pas même le roi?

— Le roi!.... Elle secoua la tête et reprit
après un moment de réflexion : — Je le res-
pecte et je le crains : voilà tout.

— Pas même ce jeune seigneur qui vous a
donné hier la main pour descendre?

—J'étais si confuse de son empressement,
de sa politesse, que je l'ai à peine regardé;
ma main tremblait dans la sienne, et je n'ai
rien répondu à ses complimens : il a dû me
trouver bien gauche et bien sotte.

— Vous ne le reconnaîtriez peut-être pas
s'il venait vous saluer? dit Eudoxie en riant.

— Je crois que si.

— Eh bien! regardez alors au bout de cette
allée.

Christine leva les yeux : Philippe Mancini
était à vingt pas d'elle, appuyé contre le pié-
destal d'une statue du dieu Pan. Depuis quelques momens, il regardait de loin les deux

jeunes filles, et leur attitude, leur physionomie, lui révélaient le sujet de leur entretien.

— L'amour! murmura-t-il, l'amour! il est
dans ces beaux yeux, sur ces lèvres de rose.
Heureux, cent fois heureux celui qui aura
leur premier baiser!

X.

Philippe Mancini avait l'esprit souple, l'ambition effrénée et le caractère persévérant de son oncle, mais sa tête était plus vive, ses passions plus impérieuses ; il faisait quelquefois par entraînement des actions bonnes ou mauvaises que le cardinal Mazarin faisait toujours par calcul. Sa position à la Cour était déjà grande, et une disgrâce momentanée ne pouvait pas compromettre son avenir.

Mazarin, qui avait richement doté ses nièces pour les marier à des princes du sang, était parcimonieux pour son neveu ; il voulait faire

sa fortune par quelque riche alliance, et les
négociations pour lui faire épouser l'héritière
de la maison de Thiange étaient déjà fort
avancées lorsqu'une étourderie bannit pour
quelque temps Philippe Mancini de la Cour.
Il s'ennuyait fort de cette espèce d'exil, quand
les projets ambitieux de sa sœur Marie et la
présence de Christine à l'hôtel de Soissons
vinrent fournir un aliment à son activité de
jeune homme et de courtisan.

La rare beauté de cette jeune fille éveilla
d'abord en lui des désirs déjà blasés; bientôt
il éprouva pour elle cette passion égoïste, im-
placable, que Giulio de Mazara eut autrefois
pour Laure de Novès; peut-être cependant
aima-t-il Christine avec l'ardeur et la sincérité
d'un cœur plus jeune et moins distrait par
des projets ambitieux. Il comprit sur-le-champ
que pour mener cet amour à bonne fin il fallait attendre, apprivoiser ce cœur timide et
fier, et que la petite bourgeoise serait une plus
difficile conquête que ces grandes dames dont
il avait éprouvé les bontés. Il entra dans son
rôle plutôt par instinct que par calcul, et se

renferma d'abord dans un silence et un respect qui laissèrent Christine dans une complète sécurité.

Les deux jeunes filles étaient restées sous la
surveillance peu active d'une vieille dame
autrefois gouvernante de madame de Soissons :
elles ne pouvaient sortir qu'en sa compagnie ;
mais dans l'intérieur de l'hôtel, dont Philippe
habitait avec ses gens un corps-de-logis séparé,
elles étaient parfaitement libres.

Leur demeure était si agréable, si pleine de
luxe, d'élégance, de tranquillité, qu'elles s'y
enfermèrent volontairement, ne sortant plus
que le dimanche pour aller à la messe. Leur
temps se passait à lire les amoureuses aven-
tures du grand Cyrus, les conversations pas-
torales de l'Astrée, à se promener dans ces
salles, dans ces galeries toutes peuplées de tableaux et de statues. Les souvenirs de l'anti-
quité et des temps modernes remplissaient la
solitude de ces vastes appartemens ; Eudoxie
Martinozzi prenait plaisir à instruire sa jeune
amie de tous les faits dont la représentation
était sous ses yeux ; parfois Philippe Mancini

mêlait à ces leçons d'autres leçons encore mieux écoutées : il parlait de poésie, de belle littérature, ou lisait quelque pièce nouvellement représentée à l'hôtel de Bourgogne.

Alors commença pour Christine cette vie d'enchantement et d'émotion, ces jours si remplis par un sentiment nouveau, par de nouvelles pensées au milieu desquelles l'âme semble pour la première fois s'éveiller au monde. Un vague bonheur, un intérêt puissant, s'attachait aux plus simples choses. Que de charme dans ces longues conversations, où le mot d'amour n'était jamais prononcé ! que de douceur dans le silence même de ces heures de rêverie et de solitude !

Philippe Mancini prit, dès le premier jour, l'habitude de passer la soirée dans le petit salon où se tenaient les deux jeunes filles. Là les heures s'écoulaient rapidement dans une tranquille causerie : Eudoxie parlait du couvent où elle avait passé de si longs et si terribles jours ; Christine racontait sa paisible enfance, les vertus modestes dont la Carducha lui avait donné l'exemple, toute sa vie si chaste et si

remplie de bonnes œuvres. Parfois Philippe
Mancini apportait son luth et chantait avec sa
belle voix italienne quelqu'une de ces longues
histoires rimées dont les romances espagnoles
avaient donné le goût.

Christine sentit bientôt qu'elle aimait d'une
tendresse profonde cet homme placé si au-
dessus d'elle par son rang et par sa fortune, cet
homme qui dédaignerait comme une trop
humble alliance toute fille qui ne sortirait
pas de quelque maison princière. Par une
étrange inconséquence, ce fut cette position
qui la rassura : elle n'eut point peur de cet
amour caché, sans espoir de retour, dans les
plus secrets replis de son cœur; elle se laissa
aller, presque sans remords, à ces pensées,
que jamais un mot, un regard, ne devaient
trahir. Alors il lui sembla qu'elle ne voudrait
pas d'autre bonheur dans cette vie que celui
de tenir la plus modeste place dans les lieux
où vivait Philippe Mancini. Il suffisait à son
amour de le voir, d'entendre quelquefois le
son de sa voix; dans un de ces regards, dans
une de ces paroles, n'y avait-il pas des sou-

venirs pour plusieurs journées ?... Elle aimait
la solitude parce qu'elle y retrouvait plus complètement cette image toujours présente ; elle
pleurait parfois sans tristesse, sans efforts, par
une sorte d'attendrissement qui débordait son
cœur.

Cependant le souvenir de Denis Rabanel mêlait quelque amertume à ces vives et secrètes
émotions. Christine regrettait sa promesse :
elle se sentait coupable envers cet homme,
dont maintenant elle comprenait mieux l'a-
mour ; et l'espoir qu'il avait emporté en la quittant lui était un remords. Elle attendait avec
une impatience mêlée d'effroi le moment de
rompre ce téméraire engagement où sa main
avait été donnée sans son cœur.

Souvent encore elle songeait à sa mère, et,
par un inexplicable pressentiment, elle regardait les Carmélites comme le refuge qui lui serait ouvert après les courts momens de son
bonheur ici-bas. L'horreur qu'elle avait éprou-
vée pour la solitude et le néant où vivaient les
religieuses se dissipait peu à peu. N'allait-elle
pas mourir à toutes les joies de ce monde en

quittant les lieux où vivait Philippe Mancini ,
et son souvenir ne remplirait-il pas la froide
cellule des Carmélites? Que lui importait maintenant d'habiter un palais ou un tombeau? tous
les endroits où il n'était pas lui semblaient
également vides et désolés.

Bien que Philippe Mancini fût amoureux
et clairvoyant, il ne connut pas d'abord combien il était aimé ; il y avait dans le caractère
de Christine des nuances qu'il ne pouvait
comprendre. Cette entière réserve , cette délicate pudeur, qui retenaient le regard, les
paroles, le sourire ; cette inaltérable égalité
d'humeur , qui jamais ne laissait deviner un
seul moment de dépit, de jalousie, dérou-
taient cet amant accoutumé aux témoignages
exigeans de maîtresses plus faciles. Il était
presque timide auprès de cette jeune fille,
dont le front fier et candide ne rougissait pas
de plaisir, mais pâlissait d'émotion à son aspect.

Eudoxie Martinozzi ne devina pas non plus
l'amour de Christine. Vive, emportée, fou-
gueuse dans ses passions et dans ses volontés,
elle ne comprenait pas qu'on pût garder dans

le silence de son cœur un sentiment tendre et
profond. Ce culte presque religieux pour une
affection sans espoir ne lui était pas possible :
il lui fallait du retour , des témoignages
bruyans , des confidences ; elle ne savait
pleurer que tout haut et être heureuse qu'en
le disant. Elle aimait sincèrement Christine ,
et le lui exprimait avec toute l'impétuosité
d'une imagination désoccupée de tout autre
sentiment ; mais cette tendresse avait encore
son égoïsme : elle ne s'inquiétait pas de quelques
signes d'une passion qui l'eût épouvantée
pour le bonheur de son amie, et ne voyait
pas plus loin que les apparences dans leurs
plus intimes entretiens.

Cela dura ainsi quelques semaines , qui pu-
rent sembler à Christine un seul jour ou
toute une vie, tant elles furent pleines d'un
bonheur amer , dont elle eût voulu racheter
les minutes au prix de toutes ses années
d'existence, et d'émotions, de tristesses, de résolutions qui la laissaient brisée après d'inutiles combats. L'amour de Philippe Mancini
s'était accru de toute la contrainte qu'il s'im-

posait ; il voulait en finir , s'expliquer enfin , et mettre aux prises tous ses moyens de séduction avec la sagesse naïve de cette jeune fille si ferme dans sa réserve, si résignée dans son humilité. Mais la présence d'Eudoxie Martinozzi,qui l'avait servi d'abord, le gênait maintenant ; il la connaissait trop bien pour tenter d'en faire sa complice, et il ne savait par quel moyen s'en débarrasser.

Tous les témoignages de sa passion se bornaient à des assiduités , à de tendres regards, à de douces flatteries.

Une fois , Philippe Mancini vint plus tard que de coutume ; la soirée était presque finie , Eudoxie et la triste Christine se promenaient dans le jardin. Il faisait une de ces belles nuits si rares dans les climats brumeux du Nord ; la lune se levait sereine au-dessus des tilleuls, et jetait de limpides reflets sur les vitrages de l'hôtel, dont toutes les fenêtres fermées annonçaient la solitude ; entre les sombres bordures du parterre s'élevaient les têtes blanches ou rosées d'une moisson de fleurs ; tout était calme , silencieux ; à peine si l'on en-

tendait au-dehors comme une clameur loin-
taine : c'était le bruit sourd et continuel de
la grande ville.

Lorsque Philippe Mancini descendit le perron, l'église de Saint-Germain-l'Auxerrois
sonnait dix heures.

— Que nous vous avons attendu, mon cousin! s'écria Eudoxie, tandis que Christine, le
cœur palpitant, s'arrêtait pour faire une
grave révérence.

— J'arrive de Saint-Germain, répondit-il.

— De Saint-Germain! et vous avez vu son
Éminence?

— Elle m'a rendu ses bonnes grâces, et
demain je verrai le roi : c'est ma sœur Marie
qui a fini mon exil.

A ces mots, Christine sentit comme un
froid mortel; son cœur cessa de battre; il lui
sembla que sa vie allait finir avec le bonheur
que lui avait donné la présence de celui qui
s'était rendu le maître absolu de son âme,
de toutes ses joies, de toutes ses espérances,
de toutes ses volontés.

— Oui, Marie a obtenu que je fusse rappelé, reprit Philippe Mancini ; je ne sais à présent si je dois l'en remercier, j'avais pris goût à mon exil.

Il se tut, et Christine répondit à ces mots, qui semblaient s'adresser à elle, par un triste sourire.

— Nous allons être tout-à-fait seules maintenant, dit Eudoxie avec un soupir, nos jours de bonheur tirent à leur fin ; madame de Soissons ne sera-t-elle pas bientôt de retour ici ?

— Je ne crois pas qu'elle quitte Saint-Germain avant le départ de la Cour. On parle beaucoup du voyage que son Éminence va faire aux frontières d'Espagne.

— Pour négocier le mariage du roi....

— Les uns disent oui, les autres disent non.

— Et dans ce conflit, que fait Marie ?

— Elle attend les volontés du roi.

— L'exil ou le trône ! son sort dépend de l'amour de l'un, de la jalouse ambition des autres ; hélas ! pauvre fille !... Tenez, cousin, je ne serai pourtant pas fâchée si madame l'infante l'emporte sur elle....

— Pourquoi ? pensez-vous, comme le car-

dinal et madame de Soissons, que ce soit un
malheur d'avoir une reine dans la famille?

— Je n'en sais rien; mais j'ai éprouvé que
les grandeurs de la famille me sont fatales.
Sans le mariage de madame de Soissons, j'aurais peut-être épousé ce pauvre Rochemarne.
Mais un prince du sang appeler un pauvre
cadet de Gascogne cousin!... cela n'était pas
possible; il n'y a plus de mésalliance possible
à présent pour nous. Il faudra que je meure
fille, puisque je n'ai pas une assez grosse dot
pour épouser un duc et pair. Vous, Philippe,
n'avez-vous pas encore jeté les yeux sur quelque princesse?

— Son Éminence songe à un mariage, il
est vrai, répondit-il en regardant Christine;
mais je n'ai encore consenti à rien.

— Une héritière, sans doute?

— L'unique héritière d'une des plus grandes
familles du royaume.

— Et vous semblez hésiter!

— Je n'hésite pas, et je refuserai.

— Vous avez donc quelque amour au cœur,
mon cousin?

— Peut-être.

— Et peut-on savoir?...

— C'est mon secret, et je ne le livrerai qu'à celle que j'aime.

Christine avait pâli, son cœur était plein de larmes; mais son visage demeura calme. Seulement, elle détourna la vue pour ne plus rencontrer le regard de Philippe Mancini. Puis, craignant que son silence ne fût remarqué, elle dit avec effort : — Madame de Soissons m'a commandé d'attendre ici son retour; il y a de cela près de cinq semaines : elle ne revient pas, et je ne sais.....

— Pourquoi vous en iriez-vous? interrompit Eudoxie. Où seriez-vous mieux qu'ici? Êtes-vous déjà lasse d'être avec moi, mon ange gardien?

— A Dieu ne plaise! mais puisqu'il faudra enfin vous quitter....

Les larmes arrêtèrent sa voix; elle s'appuya sur l'épaule d'Eudoxie, et, cachant son visage, elle ajouta, vaincue par sa douleur : — Ah! ce sera un grand chagrin, et j'en souffrirai long-temps!

Philippe ne dit rien ; mais une indicible joie remua son cœur. Il avait compris cette douleur et ces larmes ; il ne se trompa point à ces paroles adressées à une autre, mais qui sortaient du cœur pour lui seul.

— Mignonne, s'écria Eudoxie en baisant son amie au front, ne pleurez pas : moi aussi je vous aime et je ne veux pas vous quitter. Nous aviserons aux moyens de rester toujours ensemble.

— Voudrez-vous retourner aux Carmélites ? dit Christine d'une voix sourde.

— Jésus ! Maria ! Dieu m'en préserve !.... Mais d'où vous viennent ces pensées-là ?

— A présent que j'ai vu le monde, je ne me sens plus d'effroi pour le couvent.

— Voilà une vocation bien subite !... Si je ne savais pas tous les sentimens de votre cœur, mignonne, je croirais que quelque chagrin....

— Je suis heureuse, interrompit Christine avec effroi et les larmes aux yeux ; je suis fort heureuse ; mais je sens que ma place n'est pas ici : elle est dans la retraite où je retrouverai ma mère. Je sens un ardent désir de la voir, de pleurer dans ses bras !... Ah ! pourquoi

m'a-t-elle laissée seule à la merci de ce monde
dont elle s'est retirée?....

A ces mots, elle fondit en larmes. Eudoxie
consternée l'emmena, disant : — Venez, rentrons, pauvre amie. Mais qu'est-ce donc que
ce grand chagrin et ces terribles résolutions?
Hier aussi elle a pleuré.... pourquoi?

— Bonsoir, monsieur! dit Christine en se
tournant avec un triste sourire; je vous demande pardon de pleurer ainsi. Il ne faut
affliger personne de ses peines; mais c'est la
première et dernière fois que devant vous....

Sa voix s'éteignit; elle fit avec la main encore un signe d'adieu et s'en alla appuyée sur
Eudoxie.

Philippe Mancini resta debout à la place
qu'elle venait de quitter ; il passa la main sur
son front, comme pour rassembler ses idées,
ses projets, et murmura plein d'une indicible
joie : — A présent, qu'importent tous les obstacles ! Malgré les intrigues de madame de Soissons, malgré la surveillance d'Eudoxie, malgré
mon mariage, elle sera à moi... elle m'aime !...

XI.

Après quelques jours d'absence, Philippe Mancini arriva un soir de Saint-Germain, sans que personne à l'hôtel de Soissons eût été prévenu de son retour.

Christine était seule dans la salle où Philippe venait faire de si longues veillées au temps de son exil. Elle lisait, appuyée sur une table, à la clarté d'une lampe couverte dont les obliques rayons laissaient son visage dans l'ombre; ses yeux suivaient les lignes, elle tournait les feuillets, mais sa pensée était hors du livre, et parfois elle séchait d'une main distraite les larmes qui tombaient silencieusement sur les vers du grand Corneille. Mancini, arrêté au seuil de la porte, regarda un moment cette tête immobile dans sa mélancolique attitude, cette pose suavement abandonnée d'une jeune fille pleurant sur son premier amour.

Au bruit qu'il fit en laissant retomber la portière, Christine se leva vivement ; sans le voir, elle l'avait deviné. Il s'approcha, et, prenant une de ses mains qui retombaient inertes et tremblantes, il la toucha des lèvres en disant :

— Qu'il y a long-temps que je ne vous ai vue!.., Que j'ai été triste et seul loin de vous!...

Christine tressaillit ; ces paroles étaient comme un écho de celles qui sortaient de son cœur. Elle tourna vers Philippe un regard éperdu ; puis, retombant sur son siége, elle murmura : Il faut appeler Eudoxie, monsieur, elle sera contente de vous voir.... Elle est là.... je vais l'aller chercher...

— Je suis si heureux de vous revoir, que je ne m'aperçois pas de son absence, inter-rompit-il. Mais vous semblez me reconnaître à peine. Une si courte absence m'a donc déjà ôté la petite place que je tenais dans votre amitié ?

Pour la première fois ils étaient seuls, mais ce tête-à-tête ne pouvait durer que quelques instans ; Philippe comprit qu'il ne fallait pas effaroucher inutilement cette pudeur trem- blante que tant d'obstacles protégeaient en ce moment contre lui. Il s'assit près de Christine et reprit d'une voix basse et soumise : Vous ai-je offensée en disant tout haut combien je suis heureux de vous revoir ? Eh bien ! je me tairai, je garderai au fond de mon cœur toutes ces paroles que vous craignez d'entendre. Mais tournez du moins sur moi votre regard doux et modeste comme celui d'une madone !... Christine, ce n'est plus qu'en votre présence, sous vos yeux adorés, que je peux vivre !...

Ces accens émus retentissaient jusqu'au fond du cœur de la jeune fille ; elle doutait, elle avait peur, elle était heureuse, et il lui sem- blait que quelque chose comme un coup de tonnerre allait écraser son bonheur et la jeter au néant. La surprise dominait, enchaînait toutes ses facultés : elle aimée de Philippe Man-

cini ! Elle n'en doutait point, puisqu'il le disait; mais elle craignait que ce qu'elle entendait fût une illusion, un rêve. Elle mit une
main sur son cœur dont les battemens l'étouf-
faient; et ne trouva pas la force de dire une
parole.

Mancini lui laissa le temps de revenir à
elle. Il y eut un moment de silence; et lors
qu'Eudoxie entra, elle put croire qu'elle n'in-
terrompait qu'un indifférent et paisible tête-
à-tête.

— Mon cousin, dit-elle avec ce ton de familiarité enjouée qu'elle ne se permettait
guère qu'avec lui, savez-vous que je suis fu-
rieuse de l'affront que l'on me fait?

— Un affront! à vous Eudoxie Martinozzi,
ma cousine, à un degré assez éloigné, il est
vrai, pour que nous puissions nous marier
sans une dispense du pape? Qui aurait osé?
Je gage qu'il s'agit encore de quelque mariage.

— Ce n'est pas du mien, en tous cas. On me
laisse assez dans l'ombre pour que jamais un
autre Rochemarne ne se présente. Non, non,
ce n'est pas moi qu'on veut produire à la Cour

pour être mariée : c'est ma timide, ma belle
Christine. Bon Dieu! comment soutiendra-
t-elle les complimens musqués, les regards
menteurs de cette belle noblesse?... Je la vois
d'ici au petit lever de madame de Soissons.
Pauvre ange ! que répondra-t-elle à tous ces
jeunes seigneurs qui lui parleront la belle
langue de l'hôtel de Rambouillet?...

— M'expliquerez-vous cette boutade contre
je ne sais quoi et je ne sais qui? interrompit
Philippe avec quelque impatience. Que se
passe-t-il donc?

— Je m'étonne que vous me le demandiez;
on aurait dû vous l'apprendre à Saint-Germain.

— On ne m'a rien dit.

— Madame de Soissons a envoyé un de ses
carrosses avec l'ordre de faire partir Christine;
on la mène à Saint-Germain pour assister à la
procession du Saint-Sacrement : elle y paraîtra
vêtue de blanc et portant la bannière de la
Vierge. Madame de Soissons veut aussi la présenter à son Éminence, peut-être à la reine,
qui sait? Il est possible qu'on songe à la faire

fille d'honneur, et cependant elle se désole de toutes ces faveurs inespérées, et elle ne veut pas aller à la Cour.

— J'irai demain remercier madame de Soissons de ses bontés, dit Christine d'une voix faible et animée; j'espère qu'elle ne me retiendra pas, car pour la fête du Saint-Sacrement je dois aller voir ma mère aux Carmélites : c'est un devoir sacré que celui-là, et rien ne peut m'en dispenser.

—La volonté de madame de Soissons dispense de tout, interrompit Eudoxie; si elle a résolu que vous paraissiez à la procession de la Fête-Dieu, vous y serez, fussiez-vous morte. Oh ! il y a quelque intrigue, quelque grand projet là-dessous, et l'on me tient à distance parce qu'on se méfie de moi. On se méfie aussi de vous, mon cousin, puisqu'on ne vous avait rien dit. Mais qu'avez-vous donc? vous semblez tout soucieux et troublé.

En effet, malgré ses habitudes de dissimulation et d'impassibilité, Philippe Mancini laissait voir quelque chose de son inquiétude et de son dépit. Ce voyage à Saint-Germain

rompait tous ses projets, et d'ailleurs il se
souvenait de son pacte avec Marie Mancini. Il
fallait empêcher à tout prix que Christine re-
parût aux yeux du roi; il fallait même l'éloigner
de l'hôtel de Soissons, où une nouvelle déjà
connue de la Cour et de la ville pouvait pénétrer d'un moment à l'autre : le mariage de Philippe Mancini avec mademoiselle de Thianges
était officiellement annoncé, et les deux familles
en recevaient les complimens. En arrivant à
Saint-Germain, Christine eût tout appris,
elle eût été témoin d'un événement qu'elle
ignorait encore par une espèce de miracle.
Philippe Mancini avait compté sur quelques
jours encore pour mener à bout ses desseins,
et il lui restait à peine quelques heures. Un
moment il eut la pensée d'enlever Christine,
de l'enmener, soit par force, soit par adresse, en
quelque lieu où elle serait toute en son pouvoir : mais cette entreprise pouvait compromettre celui qui l'eût tentée; il fallait en assurer d'abord la réussite, le secret, l'impunité.

Philippe, absorbé par cette difficile situation,
feuilletait d'une main distraite le volume ouvert

sur la table, et maudissait en son cœur les
intrigues de madame de Soissons. Christine
semblait perdue dans ses pensées ; pour la
première fois elle désirait que la soirée finît :
elle sentait qu'une plus longue contrainte lui
devenait impossible ; les regards , les paroles de Mancini l'avaient jetée dans un trouble
que la solitude et les larmes pouvaient seules
calmer.

— Nous voilà tous trois bien tristes, dit Eudoxie ; pourtant je suis la seule à plaindre, ce
me semble : c'est moi qu'on délaisse. Chère
Christine, priez bien madame de Soissons de
ne pas me laisser long-temps ici sans vous.

— Je la supplierai de permettre que demain
encore je sois de retour. Si vous saviez comme
ce voyage me fait peur ! j'ai comme un pressentiment de quelque malheur. Hélas ! mon
Dieu ! pourquoi ne me laisse-t-on pas humble
et cachée comme je dois toujours être !

— Si du moins j'avais la permission de vous
accompagner en route ! mais à quoi pense
madame de Soissons de vous faire aller seule
avec sa livrée ?... Heureusement le temps est

passé où l'on enlevait par les grands chemins les belles jeunes filles qui voyageaient sans escorte et sans chevalier !

A ces mots, Philippe Mancini sourit imperceptiblement ; un projet hardi, un projet où il risquait tout, mais qui mettait Christine en son pouvoir, se présentait à son esprit. Il y allait de l'honneur, de tout l'avenir de cette jeune fille irréprochable devant le monde et encore si pure devant Dieu ; mais de telles considérations l'avaient-elles jamais arrêté dans ses passions et ses galantes entreprises ? Cette fois non plus il n'hésita pas.

LIVRE NEUVIÈME.

LA FÊTE DU SAINT-SACREMENT.

I.

Le soir approchait, un vent d'orage courbait la cime des arbres et soulevait par les chemins de grands tourbillons d'une poussière humide; le soleil se couchait sanglant derrière une barre de nuages opaques; par momens on entendait au loin gronder le tonnerre, et une légère odeur de pluie se mêlait à l'odeur résineuse des bourgeons de saule.

Les eaux rapides de la Seine semblaient s'écouler avec un murmure plus sourd entre ses rives désolées; tout se taisait, hors la grande voix de la tempête qui s'avançait toujours plus haute et plus menaçante.

Les voyageurs attardés pressaient le pas ; il n'y avait guère que de pauvres piétons le long de la route ; à peine si l'on entendait dans l'éloignement le bruit de quelque chariot traînant ses ferrailles au petit trot d'un cheval de labour. Les hirondelles rasaient la terre de leurs longues ailes, et les autres oiseaux avaient déjà cherché le long des haies, dans les vieux murs, un abri contre l'orage.

— Sainte Vierge ! où sommes-nous ? s'écria Christine en se soulevant avec effort pour mettre la tête hors du carrosse ; ne nous serions-nous point égarés ?

Le cocher n'eut point l'air d'entendre ces paroles ; le valet qui se tenait à la portière ne répondit pas non plus.

— Nous devrions être depuis long-temps à Saint-Germain, continua Christine ; on m'avait dit que j'aurais à peine pour quatre heures de route, et depuis midi nous marchons.

— Il est vrai, mademoiselle, répondit le

valet avec quelque embarras, en voulant abréger le chemin nous nous sommes fourvoyés...

— Comment ! sur une grande route où vous avez passé cent fois, que vous avez parcourue ce matin même !...

Le cocher mit ses chevaux au grand trot; de moment en moment l'obscurité devenait plus profonde et de larges gouttes de pluie commençaient à bruire dans le feuillage des arbres. Christine reconnut à la lueur des éclairs qu'on la menait à travers une forêt, et elle s'écria saisie d'une vague frayeur :

— Arrêtez ! retournons sur nos pas puisque vous ne savez pas où nous sommes ! Arrêtez! je ne veux pas aller plus loin.

Le valet se pencha à la portière et répondit sans s'émouvoir : Nous sommes près de Saint-Germain ; nous allons arriver, mademoiselle; ne craignez rien !

Corps-Dieu ! quel temps ! pousse tes chevaux, La Prunelle ; sinon quelque coup de tonnerre nous écrasera en route.

Christine épouvantée se signa et se rejeta

brusquement au fond du carrosse, en recom-
mandant son âme à Dieu. L'orage éclatait
avec une violence inexprimable, les éclairs
se succédaient sans interruption ; la forêt semblait en feu, et les coups de tonnerre retentissaient avec un épouvantable bruit dans la
profondeur de ces allées immenses à travers
lesquelles le carrosse semblait emporté par les
chevaux noirs de quelque magicien, sous l'escorte d'un fantastique cavalier. La jeune fille
était saisie d'un mortel effroi : il lui semblait
que la mort planait sur elle ; que sa vie ne tenait plus qu'à un fil ; que la foudre, un coup
de poignard peut-être, allaient la frapper et
qu'elle resterait sans sépulture dans quelque
carrefour de la forêt. Elle se prit à pleurer
tout éperdue et à baiser le chapelet de sa
mère en priant tout bas.

— Miséricorde ! mon Dieu ! murmurait-elle,
ayez pitié de moi ! gardez-moi de la méchan-
ceté de ces hommes ! Mon Dieu, sauvez ma
vie !... Hélas ! ma mère !... elle prie pendant cet
orage, elle prie pour les pauvres voyageurs !...
Ah ! si elle savait le péril où je suis !... J'ai

péché contre vous, mon Dieu!... laissez-moi
le temps de me repentir!... Philippe, Philippe!... il viendrait à mon secours, si je pouvais lui faire entendre mes cris!.... Sainte
Vierge, c'en est fait!.... voici ma dernière
heure!.... mon Dieu, prenez mon âme!....

Elle cacha son visage et serra convulsive-
ment le chapelet suspendu à son cou. Le carrosse venait de s'arrêter.

— Mademoiselle, voulez-vous descendre?
dit le valet en montant sur le marchepied du
carrosse.

Elle ne répondit que par un gémissement
étouffé et recula avec épouvante.

— Mademoiselle, c'est ici que j'ai ordre de
vous conduire, reprit le valet avec une sorte
d'autorité; il faut me suivre, s'il vous plaît;
descendez.

Alors elle obéit, mais ses genoux ployaient
sous elle; il fallut presque la porter dans la
petite maison devant laquelle le carrosse s'était
arrêté. La nuit était si noire, qu'on ne voyait
pas à deux pas devant soi; les éclairs deve-
naient plus rares de moment en moment, et à

leur clarté blafarde, coupée par des torrens
de pluie, on ne distinguait guère que les
sombres masses de la forêt derrière la maison,
et au-delà un chaos où brillaient au loin quelques lumières immobiles.

Christine fut conduite dans une petite salle
où l'on avait eu la précaution d'allumer un
grand feu : tout y était riche, élégant comme
à l'hôtel de Soissons ; deux candclabres éclai-
raient la table sur laquelle on avait dressé
le couvert ; l'argenterie était magnifique, le
linge éblouissant, et un bouquet de fleurs rares
couronnait la plus belle corbeille de fruits
que la saison pût fournir.

Le valet s'était retiré promptement ; Christine se trouvait seule, à sa grande surprise :
encore toute transie et tremblante, elle s'approcha du feu et sécha ses vêtemens mouillés. Sa
frayeur se dissipait : le silence, le luxe élégant
de cet appartement, la rassuraient ; elle ne
pensait plus être à la merci de quelque bri-
gand qui l'eût tuée pour avoir ses dépouilles :
pourtant une crainte vague la troublait encore, elle regardait autour d'elle avec une

inquiète curiosité et tressaillait au moindre bruit.

Elle pâlit, et toutes ses frayeurs revinrent lorsque le frôlement léger de la porte lui annonça la présence de quelqu'un. Sans bouger, sans oser tourner la tête, elle regarda dans le miroir qui était en face de la porte ; un cri lui échappa ; ses bras un moment levés retombèrent : elle avait reconnu Philippe Mancini.

— Ma belle Christine, dit-il en lui prenant les mains, que j'ai eu peur pour vous ce soir ! Quel voyage !

— Monsieur, interrompit-elle, où suis-je donc ici ? Pourquoi ne m'a-t-on pas menée chez madame de Soissons ? je veux la voir...

— Pourquoi si tôt ? N'êtes-vous pas bien ici, mon bel ange ? Seriez-vous fâchée de m'y rencontrer ?

— De vous y rencontrer seul ? Oui, monsieur.

— Que vous êtes ingrate ! Moi, je ne désirais, je n'attendais que cet heureux moment ! ici seul avec vous, je puis enfin vous dire que

je vous aime, que je ne vis que pour vous et
par vous ! ne l'aviez-vous pas encore deviné,
Christine ?

Elle porta une main à son front et regarda
Mancini avec une expression indicible de
frayeur et de joie ; puis tout-à-coup elle tomba
sur un fauteuil et fondit en larmes. Ces paroles auxquelles elle avait foi comme en son
salut, cette situation dont elle ne comprenait
pas le péril, la troublaient d'émotions inconnues ; elle pleurait et souriait en levant les
yeux au ciel comme pour le prier de protéger
son bonheur.

Philippe s'agenouilla près d'elle, et, prenant
une de ses mains, il lui dit d'une voix cares-
sante : Toute ma vie est dans un mot, un seul
mot de cette bouche charmante ; suis-je aimé ?

— Oui, je vous aime ! répondit Christine
en serrant faiblement les mains qui retenaient
la sienne.

— Alors, ma Christine, à nous le paradis
ici-bas ! Toujours, toujours heureux ! toujours l'un à l'autre... Oh ! que la vie va me
sembler courte pour un si grand bonheur !

Christine, dis encore que tu m'aimes, et sois à moi!

Il pencha son visage sur celui de la belle jeune fille et l'effleura de son souffle; alors elle le repoussa avec effroi.

—Un baiser, un seul baiser, dit-il suppliant.

— Non, non! à mon amant jamais!

— A qui donc, mon bel ange?

— A mon mari.

Mancini s'arrêta stupéfait.

—Hélas! fit-il avec un demi-sourire, il faudra attendre longtemps, ma chère belle, pour que je puisse devenir le tien. J'ai le malheur d'être un grand seigneur.

— Et moi une pauvre fille.

—Mais nous sommes du moins libres de nous aimer, et notre bonheur dépend de toi, cruelle!... Consens à cette union, la seule possible à présent; sois mienne, et ne vivons plus que pour notre amour, ma belle maîtresse.

Christine pâlit à ce mot; elle repoussa Mancini qui embrassait ses genoux, et s'écria d'une voix profonde: — Votre maîtresse! et vous m'aimez, vous!... Oh! non, non! je ne le crois plus!... Mais vous voudriez donc pour moi une vie honteuse, déshonorée? Vous voudriez que, perdue dans ce monde et dans l'autre, je n'osasse plus regarder les honnêtes gens, embrasser ma mère, ni prier Dieu qui me condamnerait pour ce bonheur infâme?... Oh! j'ai peur de vous à présent. Laissez-moi.... Je veux aller hors d'ici, je veux voir madame de Soissons....

— C'est par son ordre que vous êtes dans cette maison, répondit Mancini avec une froide décision; il faut y rester....

— Mais, je ne comprends pas....

— On vous expliquera cela plus tard. Ne vous fiez-vous pas à moi?... Craignez-vous quelque chose?

— Oui, à présent, je crains votre présence.

Elle s'assit devant la table d'un air accablé. Mancini se mit à ses côtés sans oser lui prendre la main; toute sa hardiesse lui faisait défaut en présence de cette humble colère qui n'osait s'exprimer que par un silence douloureux.

— Je voulais votre bonheur, dit-il d'une voix soumise; voyez comme vous m'avez mal compris !... Pourquoi ces frayeurs, ce regard morne?... N'êtes-vous pas la souveraine maîtresse de mes volontés?... Ai-je voulu forcer votre amour ? N'est-ce pas de vous-même que je veux vous obtenir?... Folle enfant ! tourne sur moi les yeux, vois; je suis humble et soumis à tes genoux.... Je t'aime!... Je ne peux vivre sans ton amour!...

Elle mit ses deux mains à son front, écarta ses cheveux qui retombaient lissés par la pluie, et regardant fixement Philippe Mancini, elle s'écria : — Vous m'aimez, et vous voulez que je sois vôtre à tout prix : malheureuse et déshonorée, qu'importe! Ah ! combien l'amour que je ressens pour vous est plus grand, plus saint, plus dévoué!... Il suffirait de votre amitié, de votre présence, pour le rendre heureux; la plus humble place dans votre affection le contenterait; il saurait se tenir à sa place et ne pas vouloir plus que vous ne pourriez lui accorder. Me préserve Dieu de jamais vouloir que votre vie soit troublée par quelque sacri-

fice fait à ma satisfaction, à mon bonheur!...
Je vous ai aimé sans nul espoir de retour, je
n'ai point désiré que votre amour m'élevât
à vous; mais j'ai prié Dieu que vous fussiez
grand, heureux, honoré de tous. Il me semblait que vos succès feraient ma joie, qu'ils
me consoleraient dans ma retraite. Je ne me
plaignais pas de mon sort : songer à vous sans
remords, vous aimer de loin, rester dans la
solitude et pratiquer les bonnes œuvres, voilà
la vie que je voulais et qui sera la mienne. Au
nom de Dieu, au nom de tout ce qu'il y a de
saint en ce monde et dans l'autre, laissez-moi
accomplir ma résolution; ne me parlez plus
de votre amour. Vos paroles sont mortelles;
elles tuent les bons sentimens de sagesse et
de dévotion, elles empoisonnent l'âme.... Oh!
j'ai peur de vous et de moi-même quand vous
me regardez ainsi!...

Philippe Mancini se rapprocha encore un
peu, et, s'appuyant sur le siége de Christine,
il dit d'un air triste et résigné : — Je ne vous
regarderai plus, puisque cela vous déplaît;
mais daignez m'écouter encore un seul mo-

ment. Vous êtes égoïste en votre dévouement,
Christine; il ne va pas jusqu'à me sacrifier le
moindre scrupule. Votre sagesse s'épouvante
des exigences de mon amour; vous me parlez
de devoir, d'honneur : enfant! qui donc vous
a ainsi armée de ces vieilles idées? La sagesse
est bonne pour quiconque ne peut plus pé-
cher : alors il est temps de se repentir et de
vivre comme une béate; mais quand on est
jeune, belle, adorée, il faut jouir de ces avan-
tages que le temps n'emporte que trop tôt; il
faut aimer pendant la belle saison des amours,
avant que l'hiver arrive tout chargé de rides
et de glaçons.... Mon bel ange, bannis ces
vains scrupules, laisse-toi aller à notre bonheur.... Vois, tout nous sourit ici, tout y est
silencieux, paisible, plein d'une mystérieuse
joie; c'est ta présence qui l'y répand. Veux-
tu des fruits, des parfums? veux-tu un bouquet de ces belles fleurs? Ici tout est à toi,
tu es la reine à laquelle tout doit obéir....

Christine leva la tête; il y avait dans son
regard une sorte d'épouvante, et dans son
cœur plus de trouble que d'indignation. Elle

promena un rapide coup d'œil sur ce qui l'environnait, puis ses yeux s'arrêtèrent avec un singulier étonnement sur une madone suspendue en face de la cheminée.

— Mon Dieu! dit-elle en portant une main à son front, c'est étrange!... Il me semble qu'autrefois, quand j'étais toute petite, je voyais tous les jours ce tableau....

— C'est une vierge du Corrége; il en existe plusieurs copies; il n'est pas étonnant que tu en aies vu quelqu'une, mon bel ange.

— Mais il me semble aussi que déjà je suis venue dans cette salle, reprit-elle en promenant autour d'elle un regard attentif et surpris; ces grands vases de marbre, cette table d'ébène avec ses pieds de biche dorés, ce grand fauteuil à dossier, je les reconnais... ces portes vitrées!...

Elle se leva avec agitation, et alla vers un des cabinets dont elle ne put ouvrir la porte.

— Là, s'écria-t-elle, il y a une tapisserie verte et une armoire clouée en cuivre dont la serrure représente un oiseau!... Je m'y suis souvent cachée quand j'étais petite... Ici, près de la cheminée, sur cette chaise longue, il me semble voir encore une femme. Cette madone lui ressemble !...

Christine, pâle comme la mort, passa ses mains sur sa tête comme pour rassembler des souvenirs qui lui échappaient ; puis elle jeta un cri, comme si quelque ombre s'était subitement levée devant elle.

—Christine, que s'est-il donc passé ici ? Qu'avez-vous ? dit Mancini stupéfait.

— Cette femme, cette madone, s'écriat-elle ; c'était ma mère !... C'est dans cette maison que nous demeurions avec la Carducha... Elle est couverte de chaume ; devant il y a un petit jardin, au-delà une rivière, puis des forêts... Au bout du jardin il y a un puits entouré de lilas ; à côté de cette salle il y a une chambre tapissée de bleu : mon père venait ici, il s'asseyait sur ce fauteuil à clous dorés ; il était grand, tout habillé de noir ; je le vois encore !... Là, ma mère me prenait sur ses genoux en pleurant quand il était parti !... Oh ! je me souviens à présent !...

— C'est étrange ! fit Mancini.

— Au nom du Ciel, dites-moi à qui appartient cette maison.

— Elle est à moi; mon oncle, le cardinal Mazarin, me l'a donnée.

— Et il la possédait depuis long-temps?

— Je ne sais, répondit Mancini après un moment de silence. Il entrevoyait vaguement la vérité, et il ne se souciait pas de découvrir ses soupçons à Christine.

— Ma toute belle, lui dit-il en la faisant asseoir près de lui; il paraît en effet que vous avez déjà habité cette petite maison, qui aujourd'hui redevient la vôtre puisqu'elle est mienne. Mais, dites-moi, vous l'avez donc quittée il y a long-temps?

— J'avais quatre ans à peine lorsque ma mère est entrée aux Carmélites.

— Et votre père était mort?

— Oui; depuis peu de temps, je crois.

— Il se nommait de Mazara?

— Oui, Giulio de Mazara; c'était un gentilhomme italien que ma mère avait épousé par amour. Il me laissa orpheline et sans fortune; mais un parent de ma mère, un

bon parent, me donna vingt mille écus : c'est
ma dot.

— Et la famille de votre père?

— Il n'en avait pas, ou du moins je ne l'ai
jamais connue.

— Ce nom de Mazara était peut-être sup-
posé. Qui sait? peut-être, ma belle Christine,
êtes-vous fille de quelque prince mort en exil.

— Plût à Dieu! je le voudrais maintenant;
Eudoxie disait que vous ne vous allieriez qu'à
quelque famille princière...

Mancini comprit le parti qu'il pouvait tirer
de cette situation singulière; il fallait rassurer
Christine, calmer les terreurs de cette naïve
vertu, enivrer cette âme si pure et si chaste
en son amour : il avait compté que cette séduction serait plus facile, et que la pauvre
petite bourgeoise se trouverait encore heureuse de devenir la maîtresse d'un grand
seigneur; aussi s'était-il franchement expliqué
au début sur ses intentions; maintenant il
fallait revenir sur ces propositions qui avaient
épouvanté Christine, et là tenaient en garde
contre son amour.

— Ma chère âme, dit Mancini, si vous
saviez quel espoir me sourit en ce moment...
Les obstacles que le rang et la fortune avaient
élevés entre nous peuvent tomber ; qui sait si
votre famille n'a pas déjà des alliances avec
la mienne ? Votre père, né en Italie, et bon
gentilhomme sans doute, doit avoir laissé des
titres qui justifient votre origine. Nous éclair-
cirons tout cela, ma belle Christine ; vous
fiez-vous à moi maintenant, croyez-vous que
je vous aime ?

— Moi votre femme ! s'écria-t-elle, oh !
non ; ce n'est pas possible ! ce serait trop de
bonheur, une trop haute fortune ! je ne l'ai
jamais espéré, je n'y ai jamais songé !...

— Mais, mon amour y songe pour toi,
mon ange aimé, rien ne me sera impossible
pour t'obtenir. Souris à cet espoir, tourne sur
moi tes yeux veloutés, ose encore me dire que
tu m'aimes !...

Il s'était remis à ses genoux et la priait du
regard.

— Hélas ! oui, je vous aime, répondit-elle
en laissant aller ses mains dans celles de Man-

cini ; je vous aime plus que tout au monde ! vous, le dernier venu dans mon affection, vous y avez la meilleure place !... En votre présence j'oublie tout ; je ne me souviens pas qu'il y a d'autres personnes qui devraient m'être plus chères... Philippe, vous voyez si je suis faible contre vous !... Ne me regardez pas ainsi !... Ah ! j'ai peur de moi-même en ce moment.

— Et que crains-tu ? dit-il d'une voix si basse qu'elle l'entendait à peine, bien que leurs joues se touchassent presque, mon bel ange, que crains-tu ? le bonheur d'aimer, d'être adorée ? Pourquoi trembler ainsi ? ne suis-je pas soumis devant toi, ma souveraine ?

— Vous m'effrayez, Philippe !... Oh ! je vous en supplie, laissez aller mes mains !.... Éloignez-vous !....

— Pourquoi ? ceci m'est permis !.... Ne seras-tu pas bientôt ma femme ?....

Elle le repoussa et détourna la tête avec angoisse ; Mancini la prit dans ses bras, en lui disant d'un air suppliant :

— Un baiser, un seul baiser !... je ne veux

pas le prendre malgré toi; mais si tu m'aimais!....

La pauvre fille laissa tomber son visage sur
l'épaule de Mancini. Sa main froide et tremblante serra sa poitrine comme pour comprimer les émotions terribles qui palpitaient en
elle. Dans ce mouvement, les grains d'un collier attaché à son cou glissèrent entre ses
doigts : c'était le chapelet de sa mère. A ce
contact, elle pâlit subitement, et, se rejetant
en arrière, elle s'écria :

— Laissez-moi, monsieur, laissez-moi!....
Par votre salut!.... par tout ce qu'il y a de
saint au ciel et sur la terre! je vous en supplie, sortez d'ici!....

Elle s'était levée; son regard, plein de douleur et de résolution, ne se détournait pas de
Mancini; mais elle reculait lentement à mesure qu'il voulait la retenir.

— Vous ne m'aimez pas, dit-il découragé.

— Je vous aime, répondit-elle alors en
pleurant; je vous aime!... Mais je mourrais
plutôt que de souiller mon âme devant Dieu,
et mon honneur devant les hommes... Laissez-

moi sortir d'ici.... je sens le péril que j'y cours.... Il faut que je m'en aille.... Laissez-moi partir, je vous en prie à genoux.

Philippe Mancini était un parfait débauché, mais il n'avait point l'âme méchante. En ce moment, il céda aux larmes qui lui demandaient grâce, et bien qu'il lui eût été facile de réduire par la violence cette résistance inexorable, il renonça sans hésiter à ce moyen.

Christine, immobile et le regard suppliant, attendait près de la porte; elle avait remis sa mante, et semblait attendre que Mancini donnât des ordres pour son départ. Il sentit que si elle sortait de cette maison, elle était à jamais perdue pour lui, et, prenant sur-le-champ son parti, il dit avec résignation :

— C'est à moi de sortir, mademoiselle; vous resterez seule ici jusqu'à ce que madame de Soissons vous mande auprès d'elle.

— Quoi! dans cette maison isolée, chez vous?

— Je n'y reviendrai pas. Vous le voyez, j'obéis. Il y a ici deux femmes qui vous serviront et vous feront compagnie.

— Mais pourquoi madame de Soissons ne m'a-t-elle pas fait conduire en son logis tout de suite ?

— Elle est au château de Saint-Germain, où il n'y aurait pas place pour vous : une partie de la maison du roi a été se loger dans le bourg. Il faut rester ici en attendant qu'on vous demande au château ; ce sera dans deux ou trois jours peut-être.

— Dans deux ou trois jours ! et l'on m'a fait partir en toute hâte.... Mais vous avez vu aujourd'hui madame de Soissons, sans doute ? ne vous a-t-elle rien dit pour moi ?

— Elle m'a chargé de vous préparer un logement dans cette maisonnette. J'ai accompli de grand cœur sa volonté. J'étais si heureux de vous retrouver ici ! Je croyais faire mon paradis de cette retraite où ne peuvent pénétrer les fâcheux ni les importuns ; je croyais qu'il me serait permis d'y passer près de vous ce soir quelques heures, les plus belles, les meilleures de ma vie ; mais vous me chassez !....

Il s'était sensiblement rapproché. Christine,

à bout de son courage et de sa résolution, se jeta brusquement à ses pieds : — Oui, dit-elle d'une voix brisée ; éloignez-vous si vous ne voulez me voir mourir de honte et de douleur…. Si vous m'aimez, un jour, peut-être, nous serons plus heureux…. car vous êtes libre et moi aussi…. Notre mariage n'est pas impossible….

— Non, non, interrompit-il, et c'est dans cet espoir que je reviendrai…. Vous voudrez que je revienne, Christine ?….

— Oui, mais partez à présent !…. Éloignez-vous, Philippe ; au nom de Dieu, de sa sainte mère, ayez pitié de moi !….

Il y avait tant d'effroi, de douleur dans cette prière, que Mancini n'eut pas le cœur d'insister. Il sortit brusquement et referma la porte en murmurant : — Corbleu ! je suis un grand sot ! je ne sais pas voir pleurer une femme !…. Si j'avais voulu, pourtant !

— Paulette ? cria-t-il tout doucement à l'entrée d'une salle basse où il y avait de la lumière.

— Plaît-il, monseigneur ? répondit une

femme grande et carrée comme un gendarme.

— Tu surveilleras cette demoiselle, et tu la serviras avec tous les respects imaginables. Ne manque pas de lui répéter que tu es auprès d'elle par ordre de madame de Soissons.... Ne la laisse guère sortir dans le jardin, et tiens la grille fermée, qu'elle ne t'échappe pas; mais, surtout, tâche de la retenir par adresse plutôt que par force; qu'elle se croie libre ici....

— Monseigneur sait qu'on peut se fier à moi. J'aurai l'œil ouvert nuit et jour; d'ailleurs la cage est bien close, et il n'y a pas grande apparence que l'oiseau puisse s'échapper. Monseigneur reviendra bientôt?

— Le sais-je à présent? dans trois ou quatre jours peut-être.... Au diable les Thianges!... Si tout pouvait se faire par procureur!.... D'ailleurs je n'ose pas revenir ici de sitôt; la disparition de cette fille va faire une espèce d'éclat; madame de Soissons la fera chercher.

— Les mesures de monseigneur étaient si bien prises!

— Eh! pas mal! la pauvre innocente a cru monter dans un carrosse envoyé par madame de Soissons, tout le monde l'a cru à l'hôtel, et lorsque l'autre carrosse sera arrivé, une heure après, la chose n'aura pu s'expliquer ; quel imbroglio !... Pendant ce temps-là Christine cheminait hors Paris et l'on a perdu ses traces. Cet orage nous a aidés aussi : le diable fait toujours quelque chose pour les grands seigneurs qui enlèvent de jolies filles !

II.

Lorsque Christine se trouva seule dans cette petite salle toute pleine de parfums et de lumières, devant cette table somptueusement servie et sur laquelle il y avait deux couverts; lorsqu'elle jeta les yeux sur cette place où une minute auparavant Philippe Mancini était à ses genoux, elle se demanda si tout ce qui venait de se passer et tout ce qu'elle voyait n'était pas un rêve. Des pensées confuses, tumultueuses, tourmentaient sa pauvre tête alourdie; elle se fatiguait en vain à comprendre cette situation inexplicable pour elle. Son front

était brûlant, sa vue troublée; ses jambes flé-
chissaient.

—Mon Dieu! s'écria-t-elle, que je souffre!...
Mais suis-je devenue folle?...

Elle tomba sur un siége et resta comme
anéantie, sans pleurer, sans prier, ne songeant
plus à rien et regardant machinalement autour d'elle. Sans doute elle eût passé là toute la
nuit; mais, au bout d'une heure, Paulette prit
sur elle de monter. Elle entr'ouvrit la porte
sans bruit, et dit doucement:—Mademoiselle
veut-elle souper?

Christine se leva comme effrayée; puis, rassurée par la figure ouverte et souriante de cette
femme, elle répondit : — Entrez, madame,
venez ici près de moi; mon Dieu, j'avais peur
toute seule!

— Si mademoiselle avait sonné je serais
montée plus tôt.

— Vous appartenez à madame de Soissons?

—Oui, mademoiselle, et j'ai reçu l'ordre
de vous servir pendant tout le temps que vous
serez ici.

— Sommes nous seules dans cette maison?

— Il y a là-bas une cuisinière qui est aussi aux ordres de mademoiselle.

Christine prit un flambeau et alla ouvrir une des portes vitrées qui étaient aux côtés de la cheminée.

— C'est bien ici ! dit-elle, en regardant l'armoire clouée en cuivre ; voilà sur la serrure ce petit oiseau qui me faisait tant envie !.... et ces rideaux de soie sous lesquels je me cachais....

Elle traversa la salle et alla droit à une petite chambre faiblement éclairée par une veilleuse. L'ameublement était de soie bleue ; sur la cheminée il y avait une glace de Venise richement encadrée dans des rosaces en cuivre doré, plaquées sur un fond noir ; entre les rideaux d'un vaste baldaquin on apercevait les délicats ornemens d'un lit d'ébène, marqueté d'ivoire.

— C'était ici la chambre de ma mère ! s'écria Christine, en regardant autour d'elle avec un attendrissement religieux : voilà la place de mon berceau, près de son lit ; j'aimais à me mirer dans cette grande glace.... Oh ! mon

Dieu! mon Dieu! comment suis-je revenue ici après tant d'années!...

— Elle est folle! pensa Paulette qui l'avait suivie, elle est folle! Bon, la voilà qui pleure à présent!... Mademoiselle, cela fait mal de s'inquiéter ainsi, et pour rien encore. Voulez-vous quelque chose? je suis là pour vous obéir. Allons, il faut venir souper, cela vous remettra le cœur : un peu de vin d'Espagne, quelques macarons, ou bien, si vous vous sentez appétit, une aile de poulet; on va vous servir.

— Ce n'est pas la peine, je n'ai pas faim.

— C'est égal, vous ne vous coucherez pas sans avoir pris quelque chose, un bouillon; je vais l'aller chercher.

— Merci; plus tard, en me couchant, je prendrai ce que vous voudrez ;... à présent je n'ai besoin que de me reposer un peu....

— Il est très-tard, il est près de minuit.

— Déjà!... comme le temps a passé malgré toutes ces angoisses!...

— Mademoiselle veut-elle se mettre au lit? je veillerai près d'elle.

Christine fit signe que oui et se laissa dés--

habiller par la complaisante suivante ; puis,
avant de se coucher, elle pria longtemps, agenouillée devant le chapelet de sa mère.

— C'est une pauvre âme dévote, pensa Paulette, en quelles mains elle est tombée !....
Monseigneur n'en a pas eu satisfaction encore ;
elle ne dirait pas si dévotement ses patenôtres
si elle avait péché.... elle ne serait pas si belle
non plus, surtout quand elle regarde comme
cela en levant les yeux au ciel.

L'instinct de cette femme avait deviné la
pureté de Christine ; elle la respecta dès-lors
et ne lui parla qu'avec réserve, tant elle craignait d'effaroucher ces chastes oreilles de-
meurées sourdes aux paroles d'amour de
Philippe Mancini.

— Que ma tête est fatiguée et pesante !
murmura Christine ; il y a là tant de pensées
que je ne puis chasser !...

— Vous plaît-il que je couvre la lampe? dit
Paulette en tirant les rideaux.

— Non, je voudrais lire avant de m'endor-
mir. N'auriez-vous pas quelque livre de piété
à me donner ?

— Je ne crois pas qu'il y en ait aucun dans la maison, mademoiselle ; à dire vrai, comme je ne sais pas lire, je n'y ai pas regardé. Si j'osais proposer à mademoiselle de lui faire un conte : M. de Mancini ne s'endort jamais autrement.

— Vous avez servi M. de Mancini ?

— Mon frère a l'honneur d'être son premier valet de chambre. C'est un seigneur généreux, bon pour ses gens ; il ne fait pas, à l'exemple de tant d'autres, fustiger ses pages ; il ne bat point ses laquais : aussi tous le serviraient pour rien s'il ne les payait magnifiquement. Mademoiselle n'a-t-elle point d'ordres à me donner pour demain matin ?

— Non. Vous allez faire un lit dans cette chambre et coucher près de moi : j'aurais peur toute seule.

— Elle est innocente comme au jour de son baptême, pensa Paulette ; pauvre fille ! dans quel traquenard elle est tombée !

Christine, vaincue par la fatigue, laissa aller sa tête sur les oreillers, et tomba dans un sommeil agité qui dura toute la nuit. La veille

l'eût moins lassée que ces rêves bizarres où elle
retrouvait toujours l'image de Philippe Mancini. Enfin, vers le matin, ses paupières se
fermèrent plus pesantes ; un souffle plus lent
et plus égal s'exhala de sa bouche redevenue
vermeille, et elle s'endormit profondément.

Le réveil vint trop tôt, et avec lui les souvenirs, les poignantes inquiétudes. Christine
se souleva, étonnée d'avoir reposé si long-
temps ; le soleil paraissait entre les rideaux,
et la cloche de quelque église voisine sonnait
la grand' messe. Ce bruit retentit à l'âme de la
jeune fille, elle en fut consolée ; il lui annonçait qu'elle n'était pas dans une solitude
ignorée, loin de tout secours humain.

— Vite, ma mie, que je me lève, dit-elle à
Paulette qui entrait ; c'est aujourd'hui dimanche, et je veux aller à la messe.

La suivante fut atterée de cette proposition ;
elle ne l'avait pas prévue et ne savait comment
y répondre.

— Vous viendrez avec moi, continua Christine ; je voudrais bien avoir la grand' messe
et le prône...

— Voilà qui est embarrassant, pour ne pas
dire impossible, dit Paulette, un peu remise
et déjà munie de bonnes raisons pour re-
fuser; madame de Soissons viendra peut-
être ici ce matin; Dieu de miséricorde! je
serais perdue si elle ne trouvait pas mademoiselle.

— Vous croyez qu'elle aura la condescen-
dance de me venir voir? mais c'est plutôt
moi qui dois l'aller trouver.

— Je ne sais; mais j'ai ses ordres. Elle m'a
dit : Paulette, tu serviras mademoiselle Christine de Mazara avec autant de soin et de
respect que tu me servirais moi-même. Elle
restera dans cette maison d'abord; mais bientôt je viendrai moi-même la chercher. Il faut
qu'elle se tienne toujours prête, car je pourrai
arriver d'un moment à l'autre... D'après cela
je n'ose vous mener à la messe... Madame de
Soissons n'aurait qu'à venir!... Il faudrait
qu'elle attendît : attendre!... elle, une si
grande dame... C'est impossible.

— Pourtant manquer la messe un jour de
dimanche !

— C'est moi qui m'en confesserai ; je prends sur moi tout le péché.

— J'assisterai d'intention au saint sacrifice, dit la docile Christine ; mon Dieu ! c'eût été cependant une grande consolation pour moi de prier dans une église !

Elle descendit dans le petit jardin ; et là ses souvenirs s'éveillèrent encore : les lilas avaient grandi autour du puits ; leurs grappes odorantes débordaient au-dessus de la muraille ; les jasmins tapissaient encore la porte cintrée de leurs grêles rameaux, et devant l'étroite corniche des fenêtres les convolvulus bleus retombaient, comme autrefois, en délicates guirlandes.

Christine parcourut lentement cette petite enceinte, qui semblait destinée à cacher un bonheur paisible et ignoré. Elle songea que Philippe Mancini lui avait préparé ce joli séjour avec l'espoir qu'ils l'habiteraient ensemble : son imagination alla loin ; elle entrevit la possibilité, la certitude d'un mariage secret.

— S'il m'aime, se disait-elle, il m'épousera,

et nous serons bien heureux ici!... Je ne lui demanderai pas de partager le luxe, les grandeurs qui l'environnent ; je me contenterai de vivre à l'ombre de sa position... Je ne serai pas orgueilleuse de porter son nom, ses titres ; je ne l'aime que pour lui... Le seul obstacle entre nous, c'est la naissance... Mais puisque je suis fille d'un gentilhomme.... Qu'il avait l'air noble et grand, mon père!... Ah! je saurai bientôt ce qu'il fut ; je mettrai sous les yeux de Philippe la preuve d'une origine peut-être égale à la sienne !...

Cependant la journée s'écoulait, et ni madame de Soissons, ni personne ne venait. Christine, inquiète, renouvela ses questions et n'obtint que des réponses évasives. Alors elle demanda ce qu'il fallait pour écrire, et commença une lettre adressée à Eudoxie Martinozzi.

— C'est pour une amie, une bonne amie que j'ai laissée à Paris, dit-elle ; puisque je dois passer, peut-être, quelques jours toute seule dans cette maison, je voudrais qu'elle y vînt.

— Rien n'est plus aisé, répondit Paulette,
il faut le lui mander.

— Et vous vous chargez de faire parvenir
ma lettre à l'hôtel de Soissons?

— Sans doute, aujourd'hui même ou demain au plus tard.

— Merci, vous êtes bien bonne! je vais me
hâter.

— Pauvre âme! pensa Paulette, c'est conscience de la tromper ainsi! elle est si confiante et si bonne!... Je ne peux pas, moi! cela
me fait mal en voyant que la chose est si
facile! j'aimerais mieux qu'elle fût méchante
et rusée comme un démon; cela me mettrait
à l'aise....

Christine ferma et cacheta sa lettre; elle
était longue, passablement diffuse et fort mal
orthographiée : la pauvre fille en était à son
coup d'essai. Paulette mit gravement cette
missive dans sa poche en disant : — Je m'en
charge; elle ne sortira de là que pour passer
en main sûre.

Le lendemain, personne encore n'avait paru :
Christine était fort triste et soucieuse; elle

demanda de l'ouvrage à Paulette et se mit à travailler à l'aiguille avec application. Cette occupation monotone put distraire un peu son ennui ; mais elle avait toujours le cœur plein de chagrin, et de grosses larmes tombaient silencieusement sur sa broderie.

Le soir, elle dit avec une sorte de résolution à Paulette : — Je vois que madame de Soissons ne vient pas, ni mademoiselle Martinozzi non plus ; c'est demain la veille du Saint-Sacrement, et il faut que je retourne à Paris pour voir ma mère.

— Vous avez une mère !...

— Elle est religieuse aux Carmélites, et je n'ai la permission de lui parler que bien rarement. Quelle serait demain son inquiétude si elle ne me voyait pas venir ! Vous me direz comment il faut faire pour m'en aller d'ici, et si vous pouviez m'accompagner jusqu'à Paris, ma chère mie....

— Cela ne se peut pas, répondit Paulette les larmes aux yeux, vous savez que j'ai des ordres....

— Mais ils ne peuvent pas aller jusqu'à me
retenir ici malgré moi?....

— Hélas! si!....

— Ah! mon Dieu! mon Dieu! mais que me
veut-on?... Pourquoi ne pas me laisser
aller?... Et personne ne vient!...

— Monsieur de Mancini viendra demain ou
après-demain sans doute...

— Ah! c'est un motif de plus pour que je
parte! Avant de le revoir il faut que je
sache.... Laissez-moi partir, je vous en supplie!.... il y va de mon bonheur en ce monde,
de mon honneur peut-être!...

— Je le crois bien!...

— Demain matin, faites que je sois sur la
route de Paris! si vous saviez quelle reconnaissance j'aurai de ce grand service! ma
mère priera Dieu pour vous!...

Il est facile aux caractères d'une entière
loyauté d'en imposer; ils ont une certaine
pudeur qui repousse tout soupçon de leur
esprit, et c'est un triste et honteux avantage
de tromper leur bonne foi. Les âmes les moins
généreuses et les moins élevées ont des re-

mords d'un tel succès : Paulette l'éprouva ; elle avait le cœur gros de larmes, elle baissait les yeux devant ce regard candide qui l'implorait.

— Je n'ai pas le cœur de la retenir ! murmura-t-elle, il en arrivera ce qui pourra !... dussé-je perdre les bonnes grâces de monseigneur, elle ira voir sa mère !... Écoutez, ma chère demoiselle, continua-t-elle brusquement en se tournant vers Christine, j'ai des ordres, il est vrai, mais si vous vous en allez sans que je le sache, on n'aura pas grands reproches à me faire.... Vous accompagner à Paris, c'est impossible !.... mais vous pouvez bien y aller toute seule demain matin de très-bonne heure. Les petites voitures pour lesquelles le sieur Givry a obtenu un privilége, stationnent à l'entrée du bourg : c'est à un quart d'heure de chemin d'ici ; pour une pièce de vingt-quatre sous elles vous mèneront à Paris.... Mais moi je n'en saurai rien, et quand on viendra me demander ce que vous êtes devenue, je répondrai que vous êtes partie un beau matin sans dire gare.

— Hélas ! que pensera madame de Soissons!.... Mais je reviendrai, je reviendrai bientôt.

Christine se laissa aller à de bons pressentimens : l'absence de Philippe Mancini l'avait rassurée; elle comptait qu'il ne voulait la revoir qu'avec quelque certitude de bonheur pour leurs amours. Elle, de son côté, allait demander à sa mère son consentement à ses projets de mariage. Le doute et le soupçon n'entrèrent point dans cette âme si simple et si confiante; jamais une fausseté ne l'avait souillée; réservée dans sa sincérité, elle savait se taire; mais elle avait horreur de la tromperie et ne comprenait pas le mensonge.

— Mademoiselle, dit Paulette en rentrant à pas de loup dans la chambre, Josette, la cuisinière vient de se coucher avec un grand mal de tête, elle ne se lèvera pas trop tôt demain matin; pourtant il faudrait être dehors de bonne heure.... Voici votre mante et votre masque.... La porte d'en-bas et la grille du jardin s'ouvrent aisément. Bonne nuit, bon voyage!... priez un peu pour moi quand vous irez à l'église.

Christine lui tendit la main en signe d'a-
dieu.

— Oh! non, non, je n'ose pas! dit Paulette en baisant le bout de la mante, vous êtes
une sainte jeune fille! tout ce que vous avez
porté est comme une relique!... Priez Dieu
pour moi qui suis une pécheresse!

III.

Le lendemain matin, Christine était de bonne heure au parloir des Carmélites. Toute troublée, la rougeur au front et le cœur palpitant, elle attendait sa mère. Elle avait tant de choses à lui dire qui la tourmentaient, tant de craintes, tant d'espérances, et puis, ces deux écouteuses qui seraient là! Elle aurait eu plus de courage et de confiance, seule avec sa mère; mais la présence de deux témoins la glaçait.

Elle frémit, lorsqu'une voix bien connue dit doucement derrière la grille : — Dieu soit avec vous, mon enfant! Étiez-vous là depuis long-temps?

— Depuis une demi-heure, ma mère; oh! j'avais patience, je savais que vous viendriez. Qu'il y a long-temps que je n'ai entendu votre voix! qu'elle me fait de bien!

— Vous avez donc compté comme moi les jours depuis notre séparation, mon enfant? Dites-moi, qu'avez-vous fait pendant ces six semaines qui m'ont semblé plus longues que l'année entière qui vient de s'écouler?

— Ma mère, répondit la jeune fille en appuyant son front sur les pointes de la grille, cet espace de temps si court a été rempli par beaucoup d'événemens qui ont bouleversé la vie de votre pauvre Christine. Que de choses j'ai à vous dire! mais, je ne sais comment, je n'ose.... Vous n'êtes pas seule, ajouta-t-elle plus bas.

— Il n'y a que moi ici, ma fille, répondit sœur Saint-Jean-de-la-Croix; cet entretien secret est une faveur que j'ai obtenue de notre mère. Je savais que vous aviez à me parler de votre établissement, de l'homme qui voudrait vous épouser ; il n'y a que mon oreille qui doive entendre ces choses-là.

Et comme Christine se taisait, elle ajouta :

— M. Denis Rabanel vous a-t-il revue, mon enfant ?

— Oui, ma mère ; mais ce n'est pas de lui que je viens vous parler, répondit-elle à voix basse. Pendant ces six semaines, je ne suis point restée au logis avec ma vieille Catherine ; j'ai demeuré chez la nièce de monseigneur le cardinal Mazarin, chez madame la comtesse de Soissons.

A ces mots, sœur Saint-Jean-de-la-Croix se sentit défaillir ; elle leva au ciel ses mains tremblantes, et dit d'une voix troublée par la surprise, et avec une sorte de terreur : — Mon enfant, qui vous a conduite là ?... Que s'est-il passé ?... Que vous voulait le cardinal ?...

— Je ne l'ai point vu ; il est à Saint-Germain avec le roi.... Asseyez-vous bien près de la grille, ma mère, je vais tout vous dire.

La religieuse appuya sa tête contre le rideau noir, et écouta dans une tremblante attention. Christine commença son récit, les mains

jointes, la tête baissée, comme si elle avait un
pardon à implorer. Sa voix, d'abord faible et
tremblante, s'anima par degrés de tous les
sentimens qui débordaient son cœur ; elle se
laissa aller au besoin d'épancher ses craintes,
ses douleurs, ses espérances, dans une longue
et minutieuse confidence. Elle raconta avec
une entière franchise tout ce qu'elle avait
éprouvé, tout ce qui s'était passé depuis qu'elle
avait quitté le couvent des Carmélites. Parfois
des larmes coupaient sa voix, la respiration lui
manquait, et elle s'arrêtait, vaincue par de trop
vives émotions. Alors sœur Saint-Jean-de-la-
Croix disait avec d'inexprimables angoisses :

— Eh bien ! mon enfant, après.... après....
Il faut tout me dire....

Alors elle poursuivait plus rapidement son
récit et reprenait courage en reconnaissant
dans l'accent de sa mère tant de tendresse et
de sollicitude. Mais lorsqu'il fallut raconter
son voyage à Saint-Germain, sa langue embarrassée ne put trouver des mots pour dire
cette scène d'amour, de terreur, de larmes....
Les détails si présens à son souvenir s'arrê-

tèrent sur ses lèvres ; elle ne put parler, et pleura tout bas.

— Achevez, mon enfant, dit sœur Saint-Jean-de-la-Croix, achevez, au nom du Ciel ! ceci est une confession qui doit être aussi sincère, aussi entière que celle que vous feriez à l'article de la mort.

— Eh bien ! reprit Christine d'une voix rapide, brève et si basse qu'on l'entendait à peine ; voici toute la vérité, ma mère : je parle comme si j'étais aux pieds d'un prêtre, dans le confessionnal. La maison où je fus conduite était celle de Philippe Mancini.... Cette maison, j'en reconnus toutes les chambres, tous les meubles ; je me souvins de l'avoir habitée.... il y a longtemps.... Vous n'étiez pas encore religieuse, ma mère.... Oh ! combien j'ai pleuré dans cette chambre où mon berceau était à côté de votre lit !... Mancini vint aussitôt après mon arrivée.... Nous étions seuls ; alors, il me parla de son amour, de l'avenir, de notre mariage.... Ah ! mon Dieu ! mon Dieu ! que de bonheur ! que d'angoisses !.... J'étais heureuse, j'avais peur, je me sentais

mourir !.... Que n'étiez-vous alors près de
votre pauvre Christine, ma mère!....

Un soupçon, une horrible crainte, passèrent
dans l'esprit de sœur Saint-Jean-de-la-Croix;
tremblante, éperdue, elle tira brusquement le
rideau et regarda sa fille en face avec une
expression indicible de douleur et d'épouvante. Christine resta immobile, les yeux fixés
sur sa mère. Sa physionomie, son attitude,
étaient remplies d'une tendre mélancolie,
d'une pudeur divine, et sur son front éclatait
la modestie, la pureté d'un ange. Des larmes
inondèrent subitement le visage de sœur Saint-
Jean-de-la-Croix; elle éleva son regard vers
le ciel avec une muette reconnaissance, et dit
en laissant retomber le rideau :

— Achevez, ma chère enfant!

Alors Christine raconta son séjour dans la petite maison, ses tristesses, ses frayeurs, ses
vives espérances. — Philippe Mancini reviendra, dit-elle en finissant, il reviendra demain
peut-être.... Ma mère, que dois-je lui dire de
votre part? Suis-je d'un sang qui puisse s'allier
avec le sien ? Quel était mon père ?...

Un profond gémissement répondit à ces paroles, puis il y eut un silence. Christine tremblante n'osait pas renouveler ses questions;
elle attendait avec une vague frayeur la réponse de sa mère.

Sœur Saint-Jean-de-la-Croix restait plongée
dans une morne et terrible douleur : elle
entrevoyait des choses que la simple Christine n'avait point soupçonnées; elle se méfiait
de l'amour et des promesses de Philippe Mancini; elle considérait tout éperdue le péril
immense de sa fille, sa fille si belle, si candide,
si jeune et si dénuée de toute protection contre
l'amour qu'elle avait au cœur.

Enfin une idée, une inspiration soudaine
se présenta à son esprit. Elle vit le moyen de
mettre Christine à l'abri d'une puissante sauve-
garde, de combler peut-être toutes ses espérances de bonheur. Elle se leva, en allant vers
un petit pupitre dressé au milieu du parloir
des religieuses; elle écrivit ces seuls mots sur
un morceau de papier : « Laure de Novès demande à son Éminence le cardinal Mazarin une

audience pour mademoiselle Christine de
Mazara. »

La jeune fille avait entendu la Carmélite
s'éloigner ; elle s'écria d'une voix plaintive : —
Ma mère, vous n'êtes plus là !... vous ne voulez
plus me parler !...

— Ma fille, dit sœur Saint-Jean-de-la-Croix
en revenant, je m'occupais de vous. Prenez
ce papier et retournez sur-le-champ à Saint-
Germain, au château de Saint-Germain !

Elle s'arrêta brisée en se souvenant que là
aussi s'était décidé son sort ; les sanglots coupaient sa voix.

— Ce papier doit être remis au cardinal Mazarin, reprit-elle avec effort ; vous arriverez
jusqu'à lui.... jetez-vous à ses pieds, dites-lui
tout, votre situation, l'amour de son neveu,
et qu'il décide de votre sort... Allez, ma fille,
allez... Que Dieu veille sur vous, je serai en
prières jusqu'à votre retour....

Christine cacha le billet dans son sein.

— Ma mère ! s'écria-t-elle, j'ai bon espoir,
j'ai bon courage !... Vous m'aurez envoyée
au-devant de mon bonheur... Mais oserai-je

parler en présence de celui que l'on craint autant que le roi !... Oh ! oui , puisque vous le voulez.... Ma mère, avant que je parte, donnez-moi votre bénédiction... Demain , demain je serai ici encore.... Priez pour votre Christine !..

IV.

Depuis plusieurs années le château neuf de Saint-Germain ne servait plus qu'aux assemblées du clergé de France, et c'était le château vieux que la cour habitait pendant les mois d'été. Le roi et la reine Anne d'Autriche avaient leurs appartemens dans l'aile qui fait face au grand parterre ; le cardinal Mazarin occupait le premier étage du pavillon de l'Horloge, et dans cette royale demeure il était plus puissant, plus adulé que le roi lui-même.

Mais une vieillesse prématurée et les pro-

grès d'une maladie incurable avaient ridé ce
front encore éclatant de puissance et de génie;
la souffrance pâlissait ce visage autrefois si
beau, et minait lentement cette forte organisation. L'énergie morale de Mazarin semblait
grandir à proportion de son affaiblissement
physique, et les derniers actes de sa vie, si
pleine de vicissitudes et de triomphes, devaient
en être la plus belle page. Il était au moment
d'entreprendre un long voyage pour entamer
et conclure la plus importante négociation
qui eût jamais été confiée à un homme d'é-
tat : le traité des Pyrénées et le mariage de
Louis XIV avec l'infante Marie-Thérèse.

Mazarin se sentait finir à regret au milieu
de tant de gloire et de puissance; et, comme
s'il avait pu tromper la mort, il s'appliquait à
dissimuler les progrès de sa maladie : il mettait du rouge pour animer la pâleur de ses
joues, et dissimulait par des soins minutieux
la maigreur et la débilité de son corps.

C'était déjà pour lui une fatigue de paraître
en public : aussi se dérobait-il autant que possible aux assiduités d'une cour qui lui rendait

des respects dont le roi lui-même donnait l'exemple. Il préférait le cercle intime qui se réunissait chaque jour dans son appartement. On n'y voyait que le roi, la reine Anne d'Autriche, quelques grands seigneurs tous pairs ou maréchaux de France, et les jeunes nièces de Mazarin.

L'avant-veille de son départ pour la frontière, le cardinal n'était point sorti de sa somptueuse chambre à coucher. Les rideaux, soigneusement baissés, ne laissaient pénétrer qu'un demi-jour dans cette vaste pièce meublée en velours cramoisi, et dont les chefs-d'œuvre de l'école italienne décoraient les lambris dorés. Mazarin était assis sur un fauteuil à grand dossier; quoique l'on fût aux premiers jours de l'été, il portait une longue robe de damas violet toute fourrée de petit-gris, et une calotte rouge couvrait sa tête, dont les cheveux étaient maintenant blancs et rares.

Une jeune fille de douze ans, assise devant lui, tenait sur ses genoux un petit échiquier de nacre et d'ébène; elle suivait le jeu avec une grave attention et ne disait mot en poussant les pions de sa petite main frêle ; c'était Hortense Mancini, la nièce bien-aimée du cardinal, celle qu'il fit duchesse de Mazarin en lui léguant la plus grande partie de son immense fortune.

Derrière elle se tenaient madame de Soissons et Eudoxie Martinozzi ; plus loin Marie Mancini lisait d'un air boudeur.

Personne ne parlait dans ce petit cercle de famille, et depuis un quart d'heure on n'entendait que le bruit des pions se promenant sur l'échiquier. Tout à coup Hortense mit sa petite main sur la main du cardinal en s'écriant : — Vous trichez, mon oncle !

— C'est vrai, répondit-il en riant de tout son cœur et en se renversant au dossier de son fauteuil ; ah ! petite rusée !... tu l'as vu !... On ne peut plus tromper personne , pas même les enfans.... Je croyais pourtant avoir bien escamoté ce cavalier....

— Je ne veux plus jouer avec vous ! interrompit Hortense toute fâchée.

— Mon oncle , vous plaît-il que je fasse votre partie ? dit madame de Soissons.

— Non, c'est assez pour aujourd'hui. Approchez, Eudoxie, et venez me parler. J'ai décidé que vous accompagneriez Marie à Poitiers....

— Je ne suis pas décidée à partir, dit Marie en se levant et avec une explosion de colère qui bouillonnait depuis long-temps en elle.

— Et si je l'ordonne ?...

— Le roi peut-être me le défendra.

— J'espère bien que non. Ce matin je lui ai fort parlé de vous, ma chère nièce ; je lui ai dit tout le bien que je pensais de votre caractère, et certes le discours a été long.

— Ah ! monseigneur, trop long pour le peu que vous aviez à dire !...

— Le roi doit avoir confiance en mes paroles ; il sait que je vous connais mieux que personne au monde ; je lui ai fait votre portrait....

— Un portrait peu flatté, je n'en doute pas....

— Je lui ai dit que vous étiez vaine, ambitieuse, obstinée, jalouse ; et à chaque parole je fournissais un exemple à l'appui de ce que j'avançais.

— Je reconnais bien là vos bons soins, mon

oncle ; nous verrons maintenant quel en sera l'effet.

— Je vous conseille de vous tenir prête à partir pour Poitiers, reprit le cardinal après un moment de silence ; ou, pour mieux dire, je vous ordonne d'avance de faire ici vos adieux. Pensez-vous que je laisserai tranquillement la gloire du roi et le bien de l'état à la merci de votre ambition?... Non, non, vous ne resterez pas à la cour tandis que je serai aux Pyrénées pour négocier la paix et le mariage de madame l'infante. Il faut que toutes ces intrigues finissent, soit par votre exil, soit par votre mariage.

— Mon mariage avec le roi?...

— Je quitterais plutôt le poste d'où je gouverne l'état depuis tant d'années!... Je l'ai dit au roi ce matin, et cette alternative l'a touché.... Ma nièce, il renoncera plutôt à une femme comme vous qu'à un ministre comme moi....

— Si vous aviez voulu, mon oncle, nous serions restés tous deux. Vous êtes sur les marches du trône; pourquoi ne voulez-vous

pas m'y laisser monter ?... C'est un égoïsme,
c'est une lâcheté dont le monde entier s'éton-
nera. On dira : Le cardinal Mazarin pouvait
faire sa nièce reine de France; il ne l'a pas
voulu dans la crainte de perdre la faveur
d'Anne d'Autriche.

— Non, ma nièce; on dira : Le cardinal Mazarin n'a pas voulu compromettre l'union de
la famille royale et la paix de l'état pour servir les vues ambitieuses et folles d'une péronnelle.... Assez!... Tout est dit sur ce sujet, vous
m'avez entendu : tenez-vous prête à partir
demain; vous ne reviendrez à la cour qu'a-
près le mariage du roi.

Marie Mancini, pâle de colère, le regard
animé, la bouche dédaigneuse, fit une profonde révérence et dit à demi-voix : — Nous
verrons !

Elle retourna s'asseoir près de la fenêtre;
madame de Soissons souriait de la voir ainsi
humiliée, mais il lui restait quelque inquiétude.

— Monseigneur, dit-elle tout bas, Marie ne
serait pas si revêche et si hardie sans quelque

promesse du roi. Elle compte encore sur sa faiblesse.

— Elle n'a pas si grand tort peut-être; il ne croit qu'à demi les vérités que je lui dis. Il ne fut pas si lent à se détacher de vous, Olympe.

Elle dévora en silence cette remarque, et se tournant vers Eudoxie Martinozzi elle dit:

— Voici une pauvre fille pour laquelle il faut faire quelque chose, mon oncle.

— Que veut-elle? encore une dot pour entrer au couvent?

— Non, mon oncle; elle voudrait retourner en Italie.

— Eh bien! elle suivra Marie.

— Alors ce ne sera pas de sitôt, peut-être.

— Bientôt, au contraire. Après le mariage du roi, ce que Marie a de mieux à faire, c'est d'épouser le connétable Colonna.

— J'ai toujours espéré que la chose finirait ainsi. En attendant, Eudoxie va suivre Marie à Poitiers, puisqu'elle ne veut pas retourner dans quelque couvent.

— Vous étiez donc fort malheureuse aux

Carmélites ? interrompit le cardinal en regardant d'un air sec et fâché la pauvre fille. Pourtant vous étiez toute de flamme en y entrant. Quelles têtes !.... toujours de grandes résolutions et jamais une volonté suivie !.... Mais comment donc avez-vous fait pour vous tirer du couvent ?

— Monseigneur, c'est une jeune fille, un ange, qui est venue à mon secours ; et puis ma bonne cousine....

— C'est cette petite bourgeoise dont je vous ai déjà parlé, mon oncle, interrompit madame de Soissons, une fille belle comme le jour, modeste, toujours les yeux baissés, à laquelle on aurait donné la sainte hostie sans confession, et qui, un beau matin, s'enfuit de mon hôtel.... avec quelque galant, sans doute.

— Non, non, madame, interrompit Eudoxie les larmes aux yeux, elle était sage !.... Je ne sais comment expliquer sa disparition ; mais certainement il y a là-dessous quelque machination infâme !.... Malgré les apparences qui l'accusent, je répondrais, moi, de son innocence....

— C'est une fille déshonorée, perdue, et si jamais je la rencontre!.... Le roi l'avait vue, mon oncle; il la trouvait belle....

— C'eût été une distraction! fit le cardinal à voix basse.

— J'y avais pensé, mais le hasard a renversé mon projet.

— Ah! mon Dieu! interrompit Eudoxie, vous eussiez voulu que le roi devînt amoureux de Christine?

— Était-ce impossible?

— Ah! pauvre fille!.... Vous saviez qu'elle était sage, pourtant!....

— L'amour du roi n'a encore déshonoré aucune fille, interrompit fièrement madame de Soissons; et si une comparaison était ici possible, je vous dirais qu'il a aimé Olympe et Marie Mancini, sans qu'on soupçonnât leur sagesse.

— On ne ferait pas tant de merci à une pauvre petite bourgeoise! murmura Eudoxie.

Un valet de chambre entra en ce moment, et vint remettre au cardinal un billet, en lui disant : — Une jeune fille s'est présentée au cabinet de son Éminence ; elle a parlé à messieurs les secrétaires, mais sans jamais vouloir leur laisser lire ce billet ; elle disait qu'il ne pouvait être remis qu'aux mains de monseigneur.

— Donne, dit Mazarin en prenant le papier d'un air fâché. On ne me laissera donc jamais tranquille ?

— Vu les instances de cette demoiselle, messieurs les secrétaires ont pensé qu'il s'agissait peut-être de quelque complot contre la personne de son Éminence, et ils ont pris sur eux....

— Qu'on amène sur-le-champ cette jeune fille dans mon cabinet particulier, s'écria le cardinal en se levant.

Il avait rougi sous son fard, ses mains tremblaient ; sans dire un mot de plus, il s'appuya sur son valet de chambre, et, faisant signe à ses nièces de l'attendre, il disparut derrière le rideau d'une petite porte qui s'ouvrait au pied de son lit.

V.

Le cardinal s'était assis après avoir refermé les doubles portes de communication et s'être bien assuré que personne ne pourrait entendre ce qui allait se passer dans son cabinet. Il roulait dans ses doigts amaigris ce billet qui l'avait si profondément troublé, et regardait devant lui d'un air inquiet. Au bout de quelques minutes, le valet de chambre introduisit Christine et se retira silencieusement. La jeune fille entra d'un pas chancelant, et, se jetant aux pieds du cardinal, elle balbutia : — Monseigneur, ma mère m'envoie.

vers vous.... Elle m'a dit que mon sort était entre vos mains.... Je suis venue....

— Calmez-vous, mon enfant, dit-il en la relevant ; calmez-vous, et tâchez de me parler avec un peu de suite pour que je vous comprenne bien. N'ayez pas peur, je vous écouterai. Allons, asseyez-vous là, sur ce tabouret devant moi....

Elle obéit et tâcha de surmonter son trouble et sa timidité ; mais il lui fallut quelques instans pour se rendre maîtresse de cette émotion qui retenait ses paroles. Mazarin se taisait aussi ; il la regardait avec une sorte d'étonnement et de satisfaction de la trouver si belle ; mais aucun sentiment d'amour paternel ne s'éveillait en lui. Seulement, il se sentait au cœur beaucoup de bon vouloir et de compassion pour cette jeune fille, qui pleurait et tremblait à ses pieds.

— Mon enfant, dit-il après un assez long silence, je vous écoute ; oubliez qui je suis, et parlez sans crainte, comme si vous étiez devant votre confesseur.

— Monseigneur, répondit-elle, je tâcherai.... Vous êtes bon !.... Oh! mon Dieu! c'est l'histoire de toute ma vie que je viens vous raconter, moi, pauvre fille, si obscure, si peu digne de votre attention !....

Je suis orpheline, seule en ce monde... Mon père est mort, ma mère est depuis dix-sept ans religieuse aux Carmélites; une suivante de ma mère, une digne femme, m'a élevée....

— La Carducha?....

— Vous la connaissez, monseigneur?.... s'écria Christine avec un étonnement profond. Oh! alors, je vais avoir plus de courage pour vous tout dire, car peut-être aussi avez-vous connu mon père et ma pauvre mère.

Le cardinal garda le silence.

— La Carducha est morte il y a trois mois, reprit Christine; alors ma vie a tout-à-coup changé. J'avais toujours demeuré dans une petite maison où je ne voyais guère que la Carducha et notre vieille servante; tout mon temps se passait à travailler et à prier Dieu. Ah! je regrette ces jours tranquilles!... je ne pleurais jamais alors! Il y a quelque temps, une promesse faite à une personne bien mal-

heureuse me conduisit à l'hôtel de Soissons :
c'était pour une bonne œuvre, monseigneur...

Le cardinal avait fait un mouvement, et la
jeune fille s'arrêta intimidée.

— Continuez, mon enfant, dit-il avec
bonté.

— Madame de Soissons eut mille bontés
pour moi, reprit-elle; je lui avais plu; elle
voulut que je vinsse passer quelques jours
dans son hôtel. Mais je n'eus pas l'honneur
de sa compagnie; elle partit presque aussitôt
pour venir ici, et je demeurai seule avec une
jeune fille...

— Eudoxie Martinozzi ?

—Ah! monseigneur, vous le saviez aussi !...

— Achevez, mon enfant.

— Il y avait à l'hôtel de Soissons une autre
personne, continua Christine en baissant les
yeux, M. Philippe Mancini; nous nous
voyions tous les jours...

— Eh bien! après? dit le cardinal avec une
sorte de frayeur; après, ma chère enfant?

Christine cacha son visage dans ses mains;
puis, reprenant courage, elle dit d'une voix

altérée, profonde : Nous nous sommes aimés, monseigneur !

— Ah! malheureuse enfant !

— Oui, bien malheureuse, si mon espoir est déçu, s'il faut renoncer à Philippe!... Mais il m'aime, monseigneur, il m'aime; il veut que je sois sa femme, et si ma famille est noble comme la sienne... si mon père fut un bon, brave et ancien gentilhomme, comme je l'ai toujours ouï dire... Monseigneur; c'est ce que je viens vous demander... ma mère l'a voulu; elle m'a commandé de tout vous dire... Vous avez connu mon père, monseigneur, que je sache enfin qui il était?...

Le cardinal se taisait; toute sa physionomie trahissait un morne embarras. La jeune fille épouvantée l'interrogeait du regard; puis, après un silence, elle s'écria avec des sanglots :

— Mon père était un homme coupable, déshonoré peut-être, puisque vous ne voulez rien me dire!...

— Il fit de grandes fautes, et vous en êtes la preuve, répondit le cardinal d'une voix triste.

— Oh! mon Dieu! une faute!... murmura Christine, qui comprit vaguement que sa naissance était couverte de quelque opprobre.

Puis, levant au ciel un regard profondément triste et résigné, elle s'écria : Tout est donc fini?... Hélas! je ne serai pas la seule malheureuse!... Philippe Mancini, il m'aime!...

— Pauvre enfant! dit le cardinal touché de compassion, je ne puis rien pour changer votre sort, car....

Il s'arrêtait; il hésita à briser le dernier espoir, la dernière illusion de cette jeune fille qui lui appartenait par un lien ignoré de tous et d'elle-même, mais dont il ne pouvait méconnaître les droits sans un secret remords. Il sentait avec douleur que sa toute-puissance ne réparerait pas le malheur de Christine, et il maudissait dans sa colère celui qui l'avait si lâchement trompée.

— Mon enfant, reprit-il, tous ces sermens d'amour n'étaient que mensonges!....

— Oh! ne le pensez pas, monseigneur, interrompit-elle avec véhémence : votre volonté peut me séparer à jamais de Philippe Mancini;

mais il m'aime, et s'il était le maître de ses actions, je serais sa femme....

— Pauvre fille ! s'écria le cardinal en lui prenant les mains ; si vous saviez !...

— Oh ! dites, dites tout, monseigneur ; que puis-je craindre encore ?....

— Eh bien ! sachez que Philippe Mancini a épousé avant-hier mademoiselle Gabrielle de Thianges....

A ces mots, Christine se dressa, comme si une main invisible l'eût soulevée par les cheveux. Une mortelle pâleur se répandit sur son visage ; elle s'écria : — Il est marié !... et il me disait qu'il m'aimait !.... que je serais sa femme !... Oh ! il me trompait !...

Elle retomba sur son siége et répandit un torrent de larmes.

— Mon enfant, que voulez-vous ? que puis-je faire pour vous ? dit le cardinal fort ému de cette douleur profonde.

— Plus rien à présent, monseigneur ; j'irai trouver ma mère aux Carmélites.

— J'y paierai votre dot.

— Celle que j'ai déjà est plus que suffisante :

merci de vos dons, monseigneur; merci de
tant de bonté!... Hélas! tout est fini pour moi
maintenant en ce monde!... Je prie Dieu de
m'appeler bientôt à lui!...

— Mon enfant, ce grand chagrin passera;
toute peine s'efface à votre âge : l'avenir est
encore si long devant vous; il aura des jours
meilleurs. Il faut d'abord aller retrouver votre
mère; son cœur est tendre et miséricordieux
comme celui des anges, elle vous consolera :
dites-lui que le cardinal Mazarin vous a promis
de veiller sur vous, et qu'il se recommande
à ses prières. Avez-vous encore quelque chose
à me dire, mon enfant?...

— Plus rien, monseigneur.

— Vous pleurez toujours!... Croyez-moi,
Philippe Mancini ne vaut pas vos regrets :
c'est un débauché, un homme sans cœur, tout
bouffi d'orgueil et d'ambition; il n'aime rien
que lui-même; allez, je le connais bien!

Christine avait essuyé ses larmes; elle se
leva en disant :—Monseigneur, je vais retourner près de ma mère; je lui dirai l'accueil si
bon et si miséricordieux que vous m'avez fait;

nous prierons Dieu pour vous tous les jours de notre vie.

— Un de mes carrosses va vous ramener à Paris. Adieu, ma chère enfant : si à l'avenir vous aviez besoin de moi, venez avec confiance ; je n'aurai pas oublié cet entretien.

— Monseigneur, dit Christine après un moment d'hésitation, si j'osais vous charger d'une commission...

— Voyons, je la ferai, répondit-il en souriant de cette naïveté.

— Vous voyez souvent madame de Soissons ?

— Tous les jours.

— Eh bien ! monseigneur, dites-lui que je suis aux Carmélites. Elle m'avait mandée, et je l'ai attendue quatre jours durant dans sa petite maison....

— Comment ! interrompit le cardinal qui entrevit la vérité, vous êtes cette jeune fille que la comtesse voulait faire venir à Saint-Germain, et qui s'est perdue en route ?

— Je suis allée où l'on m'a conduite, mon-

seigneur, dans une petite maison, là-bas, de
l'autre côté de la rivière.

— Et vous y avez trouvé ?...

— Deux femmes qui m'ont servie.

— Personne autre?

— Hélas ! monsieur de Mancini aussi. Il
est venu au moment même de mon arrivée,
et c'est alors.... Il m'a parlé de son amour , il
me disait.... Et toutes ces paroles n'étaient
que mensonge ! Oh! quelle trahison ! Mais
mon ange gardien me protégeait et j'avais au
cou le chapelet de ma mère!.. D'ailleurs cette
maison avait été sanctifiée par sa présence, j'y
retrouvais les souvenirs de ma première enfance, je me rappelais tout-à-coup des choses
depuis long-temps effacées de ma mémoire,
mon père que j'avais oublié!... Mais pardon,
monseigneur! je suis folle de vous parler
ainsi...

Il l'écoutait troublé, et l'âme préoccupée
d'un mélancolique souvenir ; mais cette im-
pression ne dura qu'un moment, et bientôt
revenu aux réalités de cette situation, il dit :

— Je comprends tout maintenant : Mancini

vous avait emmenée chez lui par une ruse infâme, et madame de Soissons, ne sachant pas
ce que vous étiez devenue, a pu croire que
vous aviez pris la fuite avec quelque amant.

— Oh ! mon Dieu ! s'écria Christine en levant les mains au ciel, je suis déshonorée !...

Elle demeurait comme anéantie sous cette
dernière et poignante douleur : on eût dit
qu'elle la sentait plus profondément que toutes les autres. Mazarin comprit sur-le-champ
que celle-là du moins il pouvait la consoler.

— Venez, dit-il en prenant la main de Christine ; madame de Soissons est là ; vous allez
lui faire vos adieux et vous justifier.

— Oserai-je ? et d'ailleurs, comment ? en
accusant monsieur de Mancini ? Non, non,
monseigneur, jamais, par respect pour vous !

— C'est moi qui vous justifierai d'un mot,
mon enfant, et vous n'aurez rien à dire pour
votre défense. Venez !

VI.

Lorsque le cardinal parut dans sa chambre suivi de Christine, tout le monde demeura comme stupéfait ; Eudoxie Martinozzi vint serrer la main de son amie et lui dit à voix basse : —Mon Dieu ! que vous m'avez donné de chagrin ! où étiez-vous donc allée ? Madame de Soissons se leva, et, mesurant du regard la jeune fille tremblante, elle lui dit sèchement : — Mademoiselle, quand on a eu l'honneur d'être reçu chez moi, l'on n'en sort pas ainsi sans prendre congé. Ne sachant pas ce que vous étiez devenue, j'aurais pu vous attendre....

— C'est par mon ordre que mademoiselle de Mazara a quitté votre hôtel, interrompit le cardinal; c'est par mon ordre qu'elle a été conduite en un lieu où il lui était impossible de donner de ses nouvelles, et elle n'a point d'excuses à vous faire, madame de Soissons.

Cette explication satisfit la comtesse; elle s'en contenta sans trop la comprendre, et dit d'un ton plus doux en se rasseyant : — Mademoiselle, je suis charmée de ne vous trouver aucun tort dans ce qui s'est passé, et je vous invite à rester ici, près de moi, encore quelques jours.

A cette proposition, Christine frissonna; Eudoxie la regardait les larmes aux yeux, et n'osant lui parler ni l'embrasser; Marie Mancini s'était rapprochée et fixait sur sa sœur un œil courroucé.

— Mademoiselle de Mazara doit retourner près de sa mère, dit le cardinal; un de mes carrosses va la ramener à Paris.

Madame de Soissons se mordit les lèvres;

Marie Mancini sourit, Eudoxie joignit les mains en murmurant : Christine, je ne vous verrai donc plus? est-ce que vous allez vous faire Carmélite?

— Oui, répondit-elle d'une voix altérée, oui, ma chère Eudoxie, je vous fais mes derniers adieux. Madame, ajouta-t-elle en se tournant vers madame de Soissons, je m'en vais le cœur tout rempli du souvenir de vos bontés.

— Qu'elle parte donc vite, murmura Marie Mancini; voilà des adieux bien larmoyans ! Quand Philippe saura ceci !.. Enfin, de manière ou d'autre, pourvu que j'en sois délivrée...

— Le roi ! cria un huissier en ouvrant les deux battans de la porte.

Il entra, suivi du comte de Brienne.

Tout le monde se leva, excepté le cardinal, qui fit seulement le geste de quitter son fauteuil; madame de Soissons, triomphante de ce hasard, sourit ironiquement à sa sœur, qui d'abord avait rougi, puis pâli de colère. Le roi parut surpris en reconnaissant Christine; il la salua avec une politesse empressée et alla s'asseoir près du cardinal.

Alors madame de Soissons prit Christine par la main, et, sous prétexte de lui faire ses adieux et ses dernières recommandations, elle la retint encore un quart d'heure sous les yeux du roi. Jamais peut-être la beauté de Christine n'avait été plus frappante qu'en ce moment : une expression divine de résignation et de mélancolie animait son regard ; un suave incarnat éclatait sur ses joues où les larmes s'étaient à peine séchées, et sa tête s'inclinait dans une triste et gracieuse attitude. Elle écouta en silence les longs adieux de madame de Soissons ; puis, au moment de partir, elle vint s'agenouiller devant le cardinal pour lui baiser la main. Il y avait dans cette action une grâce si humble et si touchante, que Mazarin en fut ému.

— Adieu, mon enfant, dit-il doucement, adieu, je veux vous revoir à mon retour des Pyrénées.

Le roi la suivit des yeux ; puis, il dit avec un intérêt qu'il ne cherchait pas à dissimuler :

— Vous connaissez, monsieur, la famille de cette belle personne ? Quel était son père ?

— Un gentilhomme italien, répondit le cardinal sans s'émouvoir : il est mort depuis longtemps; cette fille est orpheline, et je crois qu'elle se fera bientôt religieuse aux Carmélites.

— Religieuse! Est-ce donc sa vocation? S'il ne fallait qu'une dot pour qu'elle trouvât un mari, je la lui donnerais....

— Elle est assez riche déjà pour une fille de sa condition, répondit la comtesse, et je pense qu'elle réfléchira encore avant de s'enterrer dans un couvent. Elle est douce, naïve, toute charmante, et puis si belle! Avez-vous jamais vu, Sire, une taille, une figure, une grâce aussi parfaite ?...

— Jamais, répondit-il avec feu.

— Elle est belle à miracle, dit le comte de Brienne, et si je n'étais si vieux, je me déclarerais son serviteur. J'ai compris en la regardant ces comparaisons poétiques qui m'avaient toujours semblé fausses et exagérées. Oui, les lis et les roses n'ont pas la suave fraîcheur de son teint; ses yeux sont des astres brillans et doux; en la voyant parler et sourire, j'ai compris ces vers du premier poëte de l'Italie :

Non sa com' amor sana e como ancide
Chi non sa como dolce ella sospira,
E como dolce parla, e dolce ride.

Marie Mancini s'était levée; son dépit se trahissait par un sourire amer, par des regards irrités qui ne s'adressaient pas tous à madame de Soissons. Elle passa fièrement devant le roi et alla s'asseoir dans l'embrasure d'une fenêtre.

— Ma sœur, dit la bonne petite Hortense en allant se jeter à son cou, voilà mon oncle qui vous regarde de travers; ne boudez donc pas ainsi.

— Marie, dit la comtesse de Soissons avec une perfide bonhomie, j'avais songé à placer près de vous cette demoiselle de Mazara; elle est fort habile pour les ouvrages à l'aiguille, son travail est comme celui d'une fée.

— Je vous remercie, madame; j'ai assez de mes femmes pour me servir, répondit aigrement Marie.

— Sire, fit le cardinal en se penchant à

l'oreille du roi, vous le voyez, elle est jalouse, impérieuse, fantasque, sans raison et sans frein qui puisse l'arrêter dans ses maussades humeurs !

— Ah ! je le sais bien !

— Si elle était belle, du moins ; mais méchant esprit, méchant visage. Ah ! Sire, de quels yeux la voyez-vous donc ?...

Le roi resta un moment pensif, puis il se rapprocha de madame de Soissons. Bientôt le cercle s'augmenta de plusieurs seigneurs admis dans l'intimité du cardinal ; alors le roi vint près de Marie Mancini, qui restait assise à l'écart dans l'embrasure d'une fenêtre, et ils se parlèrent long-temps. Cette fois ni madame de Soissons ni le cardinal ne cherchèrent à rompre ce tête-à-tête qui avait pour témoin la jeune Hortense Mancini ; mais tous les regards se tournaient à la dérobée de ce côté avec une inquiète curiosité. De cette querelle entre deux amans dépendaient peut-être la paix ou la guerre, le bonheur de la famille royale et la tranquillité du royaume. La physionomie grave et contenue du roi ne trahissait rien ;

mais celle de Marie exprimait une douloureuse colère, une hautaine résolution. Elle était jalouse, et, par une impardonnable maladresse, elle venait de le laisser voir à son royal amant; les plaintes et les reproches arrivaient mal dans un pareil moment.

Au bout d'une demi-heure, le roi se leva et vint reprendre sa place au milieu du cercle. Le cardinal et madame de Soissons se regardèrent en souriant imperceptiblement; tous deux avaient compris l'expression froide et mécontente que gardait la physionomie du roi.

— Le sort en est jeté, dit la comtesse à l'oreille d'Eudoxie Martinozzi, Marie partira....

— Nous irons à Poitiers!...

— Et après plus loin encore, en Italie!... Marie pensait n'avoir qu'un pas à faire pour arriver au trône, elle rebrousse chemin à présent. Qu'elle parte maintenant, le roi n'essaiera pas de la retenir!...

— Et vous la pousserez, madame!...

VII.

Quoique l'on fût aux plus longs jours de l'année, il était nuit close lorsque Christine arriva aux Carmélites. La tourière venait de porter ses clefs chez madame la supérieure, et personne ne pouvait plus entrer au parloir. Cependant la porte de l'église était encore ouverte, et quelques femmes dévotes faisaient leur prière du soir dans la chapelle de Sainte-Thérèse.

Après avoir inutilement sonné à la porte du couvent, Christine s'assit sur un petit banc de pierre qui, durant le jour, servait de

siége à un vieux pauvre; elle se sentait défaillir; la fatigue, les terribles émotions
de cette journée avaient ébranlé cette délicate organisation; la vie semblait se retirer
de ce cœur ravagé par une douleur profonde.

Le carrosse qui avait amené Christine venait de repartir; elle était seule dans cette
rue solitaire, devant cette maison maintenant
son refuge, le port où elle allait s'abriter après
l'orage qui avait dispersé toutes ses illusions
et brisé toutes ses espérances; mais la règle
inexorable lui refusait asile encore pour cette
nuit.

— Mon Dieu! que devenir? murmura la
jeune fille en ramenant sa mante sur son visage, et en regardant autour d'elle avec un
vague effroi; il faut attendre, attendre à demain pour voir ma mère!... Ah! mon Dieu!
il me semble que je serai morte avant que le
jour revienne!...

Elle se leva, et gagnant d'un pas chancelant la porte de l'église, elle y entra, plutôt
par une sorte d'instinct que pour chercher un

abri contre la pluie qui commençait à tomber.

Les Carmélites étaient au chœur; elles psalmodiaient l'office des vigiles de la fête du Saint-Sacrement. Ces voix invisibles, les ténèbres de l'église, la pâle clarté qui apparaissait entre les rideaux du chœur, comme une lampe mortuaire cachée dans un tombeau, inspiraient une religieuse mélancolie; les agitations de l'âme s'apaisaient dans cette atmosphère lourde et tout imprégnée de froids parfums.

Christine alla s'asseoir près de la grille, sur les degrés de la sainte table, et, appuyant son front sur la balustrade de marbre, elle essaya de prier avec les religieuses. Ses lèvres n'articulaient aucun son, elle suivait mentalement l'office et s'appliquait à tourner toutes ses pensées vers Dieu; mais des souvenirs rebelles la ramenaient incessamment vers tout ce qu'elle allait à jamais quitter.

Une voix seule dit la troisième leçon tirée du livre des Rois; c'était l'histoire du prophète Élie, nourri dans le désert avec le pain, sym-

bole de l'eucharistie. Alors Christine pleura :
elle avait reconnu la voix de sa mère. Après
la leçon, les religieuses entonnèrent ensemble
l'antienne : *Transibo in locum*, etc., « J'entrerai
dans le tabernacle du Seigneur, dans la maison de Dieu, parmi les chants d'allégresse
semblables aux cris de joie d'un peuple as-
semblé pour ses solennités. »

—Oui, murmura Christine en fondant en
larmes, j'entre dans le tabernacle du Seigneur,
parmi des chants d'allégresse!...Cette porte de
clôture dont on ne repasse jamais le seuil se
fermera bientôt sur moi!... Mon Dieu! ouvrez-moi bientôt celles de votre éternité!...

L'office était dit, les religieuses quittaient
le chœur; on entendait leurs pas se perdre
dans le cloître, la clarté disparut derrière le
rideau de la grille.

—N'y a-t-il plus personne dans l'église?
cria la voix du bedeau qui venait de ranger les
chaises, n'y a-t-il plus personne?

On ne répondit pas, et l'écho de la voûte
murmura faiblement : Personne!... Alors le
bedeau ferma les portes et s'en alla.

Lorsque Christine se vit seule dans cette grande nef, à peine éclairée par la lampe qui brûlait devant l'autel, elle frissonna. Cette demi-obscurité, ces tombes, ces statues, ces tableaux, d'où semblaient sortir de pâles figures, lui faisaient peur; il lui sembla que quelque fantôme allait se dresser entre ces lugubres tentures qui environnaient le mausolée du cardinal de Bérulle. Mais bientôt le sentiment religieux domina toutes ces impressions; la jeune fille alla se prosterner devant l'autel, elle pria Dieu, elle lui voua le reste de sa vie avec la ferveur d'un cœur jeune et trahi dans son premier amour. Tout-à-coup, au milieu de ces vœux, de ces résolutions ferventes, elle se souvint d'Eudoxie Martinozzi, et une vague défiance vint l'effrayer sur sa propre vocation.

—Hélas! murmura-t-elle, j'aurais pu servir Dieu dans le monde!...

C'était le cri d'une âme épouvantée de la vie austère du cloître, et qu'un instinct rebelle révoltait contre le sacrifice des affections terrestres. Ces douleurs, ces regrets, ces combats, semblaient avoir brisé l'intelligence de Christine; elle ne pensait plus, elle ne priait plus, elle pleurait dans un morne désespoir. Enfin, vaincue par la fatigue, elle alla s'asseoir dans la chapelle de Sainte-Thérèse et s'endormit profondément, la tête appuyée contre l'autel.

C'est là que le bedeau la trouva le lendemain, lorsqu'il vint balayer l'église, avant le premier angelus.

— Mon doux Jésus! s'écria-t-il, que fait là cette fille?... Dort-elle, ou bien est-ce quelque pâmoison?... Elle est blême comme une morte.... Ma pauvre demoiselle, réveillez-vous!...

A cette voix, Christine ouvrit les yeux et se leva en sursaut.

—Oh! mon Dieu! s'écria-t-elle, il est jour!... Je n'ai pas entendu les religieuses dire l'office de la nuit!... J'ai dormi!...

—Je perdrais ma place si l'on savait que vous avez passé la nuit ici, dit le vieux bedeau; allez-vous-en au plus vite.

—Hélas! permettez-moi d'attendre que les portes du couvent puissent s'ouvrir.

— Il faut vous en aller de ce pas, dit-il d'un air rechigné ; la sœur Scholastique a déjà les clefs, on peut entrer au parloir.

Quelques heures de sommeil avaient calmé la tête de Christine, mais ses forces physiques étaient plus épuisées qu'avant cet incomplet repos ; elle souffrait d'un vague malaise et traînait à peine ses pas chancelans. C'était pitié de voir cette jeune belle fille, les joues pâles, les yeux éteints par les larmes, frapper à cette porte comme une pauvre voyageuse qui, fatiguée de sa route, venait se coucher là pour ne s'en plus relever.

La tourière ouvrit le parloir. Sœur Saint-Jean-de-la-Croix était déjà derrière la grille.

— Eh bien ! ma fille ? s'écria-t-elle.

— Eh bien ! ma mère, répondit Christine en s'agenouillant, nous ne nous quitterons plus ! Je serai Carmélite !...

La religieuse jeta un cri étouffé ; elle se leva tremblante, et serrant dans ses mains les plis du rideau, elle dit d'une voix brisée : — Ma fille ! parlez-moi, nous sommes seules. Que s'est-il passé à Saint-Germain ?... Le cardinal !...

il vous a donc bien durement traitée?...

— Il a été plein de miséricorde et de bonté pour votre enfant; mais Philippe Mancini....

— Eh bien ! Philippe Mancini ?...

— Il est marié depuis deux jours, ma mère !

Sœur Saint-Jean-de-la-Croix retomba sur son siége ; un éclair de colère et d'indignation brilla dans ses yeux ; elle murmura : Il est du même sang que Giulio de Mazara !... Deux fois frappée à mort par leurs mains !... Oh ! mon Dieu ! quel châtiment gardez-vous à ces âmes endurcies !... Mais il n'y a donc rien de sacré pour les méchans ? La jeunesse, la candide vertu, l'inexpérience d'un cœur innocent, ne sauraient trouver grâce devant eux ! Et ils sont grands, honorés ; ils peuvent tout !... Mon Dieu ! êtes-vous juste ?...

Ces plaintes sortaient d'un cœur de mère déchiré, trompé dans sa dernière et plus chère espérance. Mais bientôt ce premier mouvement fit place à une douleur plus contenue, à une pieuse résignation. Sœur Saint-Jean-de-la-Croix joignit les mains et demanda pardon à Dieu de s'être révoltée contre les afflictions qu'il lui envoyait; puis elle dit : Ma fille ! ma chère fille ! prions Dieu pour nos ennemis.... Ce n'est pas nous qui sommes à plaindre ; car le mal retombe toujours sur la tête de celui qui le fait.... Tournez vos regards vers une meilleure vie, mon enfant, et vous mépriserez les joies et les afflictions de celle-ci.... Hélas ! seule au monde, que de piéges autour de vous !... Et je ne peux pas vous suivre, garder votre jeunesse, votre innocence !... Vous ne me dites rien, ma fille ; vous pleurez !... Parlez-moi, confiez à votre triste mère tous les mouvemens de votre cœur. Hélas! il faut que je sache tout, tout ce qui s'est passé à Saint-Germain. Ah ! j'aurais dû avoir un pressentiment de malheur en vous envoyant à cet endroit fatal !... Déjà tout mon bonheur y avait péri !... Parlez-moi, parlez-moi, ma fille, que je n'entende plus seulement vos sanglots !... Vous ne m'avez point dit encore ce qui s'était passé....

Alors Christine raconta à sa mère toute son entrevue avec le cardinal; elle parla de lui avec reconnaissance, avec vénération ; elle le

bénit mille fois pour les consolations qu'il lui
avait données.

Sœur Saint-Jean-de-la-Croix écoutait avec
un attendrissement profond, une sorte de reconnaissance; le cardinal Mazarin lui semblait
moins égoïste et moins insensible que Giulio
de Mazara.

— Ma fille, il faut prier Dieu pour son salut
tous les jours de notre vie, dit la Carmélite....

— Oui, ma mère, quoiqu'il soit l'oncle de
Philippe Mancini.

— Hélas! vous l'aimez donc encore, cet
homme, puisque vous ne pouvez lui pardonner?

— Non, ma mère, je ne l'aime plus, interrompit Christine d'une voix brève; son action
m'a fait horreur!... Si vous saviez par quels
regards, quelles paroles, il a tenté de me sé-
duire!... Il eût donné pour moi, disait-il, son
sang, sa vie, toutes ses autres affections; et
tous ces propos n'étaient que mensonge! et
le lendemain une autre devenait sa femme!...
Oh! s'il fût mort, je l'eusse encore aimé par-
delà cette vie; mais quand j'ai su sa lâche tra-

hison, mon amour s'est brisé au fond de mon
cœur !...Maintenant je viens à vous, ma mère;
il n'y a plus que vous au monde qui aimiez
votre pauvre enfant ! Elle aussi n'aime plus
que vous !... Je ne regretterai rien en passant
cette terrible porte de clôture. Ah ! ne craignez
pas que je jette un regard en arrière; qu'au-
rai-je laissé de cher de l'autre côté de la grille ?
Je renonce sans regret aux vaines joies de la
terre, à ma liberté, à ma volonté; je veux être
pauvre et recluse comme vous; là-haut sera
notre récompense! Mon Dieu ! faites que votre
règne nous arrive bientôt !...

— Mon enfant, dit sœur Saint-Jean-de-la-
Croix épouvantée de cette subite vocation, vous
reviendrez ici ce soir; j'obtiendrai de notre
mère que vous fassiez une retraite d'un mois.
Vous recevrez les conseils de notre directeur;
c'est un vénérable prêtre qui a connu le
monde, il vous guidera dans cette épreuve.

—C'est vous, ma mère, que je veux prendre
en tout pour guide et pour appui. Encore
quelques heures, et je serai de retour pour ne
vous plus quitter.

— Mon enfant, je vais me mettre en prières pour demander à Dieu de m'éclairer sur votre vocation. Ne regretterez-vous jamais, sur notre lit de paille, dans notre étroite cellule, le bien-être modeste de votre première demeure?

— Je me souviendrai des courtines de soie sous lesquelles je couchais à l'hôtel de Soissons. Croyez-vous, ma mère, que j'y dormais d'un plus tranquille sommeil que sur la paillasse des Carmélites? Et après ces agitations, ces angoisses, ce bonheur amer, ces rêves menteurs, quel réveil!...

— Eh bien! mon enfant, puisque vous aspirez si vivement à la paix de Dieu, à la vie pénitente des Carmélites, vous n'aurez pas longtemps à attendre; ce soir....

— Ce soir nous serons réunies, ma mère; ce soir, je serai enfermée avec vous derrière ces grilles, et cette fois ce sera pour toujours!

VIII.

Lorsque Christine se retrouva dans sa petite maison, il lui sembla tout-à-coup que ce
qui venait de se passer était un de ces rêves
affreux au milieu desquels on se réveille en
sursaut, transi de frayeur et brisé de fatigue.
Elle s'assit comme anéantie devant son métier
à broder, et regarda tout ce qui l'environnait
avec un douloureux attendrissement. Chaque
objet lui rappelait de paisibles et longues habitudes. Il y avait autour d'elle comme une
atmosphère d'innocence et de tranquillité où
elle se sentait revivre. Mais bientôt elle con-

sidéra avec une amertume profonde ce qu'elle
était en si peu de temps devenue. Elle eut
compassion d'elle-même, pauvre fille trompée
dans son crédule amour et qui avait folle-
ment brisé un si long avenir de bonheur.
Alors elle pleura en songeant à Denis Rabanel.

Catherine, consternée de quitter pour toujours sa jeune maîtresse, s'était assise dans
un coin de la salle et roulait machinalement
son chapelet entre ses doigts ; de grosses larmes tombaient le long de ses joues sans qu'elle
songeât à les essuyer.

— Seigneur ! mon Dieu ! s'écria-t-elle en
regardant Christine d'un air de reproche ;
quelle résolution ! Que dirai-je à ce pauvre
M. Denis Rabanel, quand il viendra ici vous
demander ? Jamais je n'aurai le cœur de lui
déclarer que vous vous faites Carmélite !...
Mais, mademoiselle, pensez-vous donc qu'il
soit impossible de faire son salut dans le monde ?
Le bon Dieu ne serait pas juste. Votre mère
est une sainte ; elle fait depuis je ne sais combien d'années une pénitence qui suffirait pour

sauver trois huguenots et autant de renégats.
Eh bien ! elle n'aura pas une meilleure place
au ciel que cette pauvre mademoiselle Carducha, qui vous a élevée dans la pratique de
la sagesse et des bonnes œuvres.

— Ma pauvre Carducha ! hélas ! si elle eût
vécu, je ne serais pas si malheureuse !....

— Elle vous avait trouvé un mari, un bon
mari qui vous aurait rendue heureuse ; mais
vous avez préféré le couvent ! C'est peut-être
mal à moi de contrarier ainsi votre vocation ;
mais je ne peux pas me taire quand je songe
à ce bon M. Denis Rabanel. En revenant de
son voyage, il se présentera tout d'abord ici,
et il me dira avec cet air qui lui gagne l'affection de tout le monde : — Ma bonne Catherine, bonjour, comment se porte votre maîtresse ?... Allez l'avertir que je viens pour la
voir.... Et alors il faudra lui répondre : Ma
maîtresse ! vous ne la reverrez pas en ce
monde ; elle est novice aux Carmélites !....
Non, non, jamais je n'aurai le cœur de lui
dire cela ! Il en mourrait de chagrin, le pauvre homme !

— Je lui écrirai, dit tristement Christine, et tu lui donneras ma lettre.

— Mais comment a-t-il mérité que vous l'abandonniez ainsi? il vous aimait tant!.... Ah! si mademoiselle Carducha vivait, elle ne vous laisserait pas entrer au couvent! elle protégerait M. Rabanel, parce que c'est un digne homme, bon pour les pauvres gens, brave comme l'épée d'un noble. Sa parole est comme celle du roi; il n'y a jamais manqué : il est connu depuis le pont au Change jusqu'à la porte Saint-Denis; c'est à qui dira plus de bien de lui! On ne lui refuserait pas la fille d'un échevin, et vous ne voulez pas l'épouser, mademoiselle!

— Ce mariage n'est plus possible, ma bonne Catherine, et quand je le voudrais....

Elle passa une main sur son front, comme pour écarter les souvenirs qui l'obsédaient, et alla se mettre devant un petit pupitre pour faire ses adieux à Denis Rabanel. Ils furent assez froids et laconiques, malgré les regrets qu'elle avait au cœur; mais la pauvre fille ignorait l'art d'écrire ses impressions. Elle n'avait ja-

mais pris la plume que pour remplir prosaï-
quement son livret de ménage. Voici sa lettre.

« Monsieur, ayant résolu de me faire religieuse
aux Carmélites, je vous adresse mes adieux et
vous prie de m'excuser si vous trouvez dans
ma résolution un manque de parole à votre
égard. Il n'a jamais été dans mon intention
de vous faire la moindre peine. Étant bien
persuadée de votre bonté et de votre affection
à tout ce qui me regarde, je prends la liberté
de vous recommander ma vieille Catherine.
Je compte assurer son sort; mais la pauvre
femme mourrait de tristesse toute seule. Si
vous la voulez dans votre maison, elle vous
servira avec beaucoup de zèle et d'honnêteté.
Dans l'attente d'une meilleure vie, je prierai
Dieu pour vous ici-bas jusqu'à mon dernier
jour. Votre très-humble servante,

« Christine de Mazara. »

Elle ferma sa lettre et la donna à Catherine en disant : —Tiens, tu lui remettras ceci
de ma part; maintenant c'est fini, je n'ai
plus d'autres adieux à faire au monde! je n'y
connais plus personne!...

—Comment! et ces grandes dames? Les gens de cet hôtel où vous êtes allée à la male heure!

—Je leur ai déjà fait mes adieux, Catherine, je les leur ai fait hier... Va, aujourd'hui ils m'ontd éjà oubliée....

L'horloge sonna quatre heures; Christine s'interrompit subitement pour les compter, ensuite elle dit avec mélancolie : —Dans une heure !...

—Je vais préparer votre paquet, dit Catherine en versant de grosses larmes.

—Non, je n'ai besoin de rien; dès ce soir, on me donnera l'habit de postulante ; il faut que je m'habitue à la laine et à ces grosses sandales bouclées. Va, Catherine, je veux être seule pendant cette dernière heure. Elle ouvrit la fenêtre, et regarda long-temps dans la rue. Paris avait alors une joyeuse physionomie les jours de fête, surtout pendant l'été, lorsque le ciel était doux et qu'on pouvait marcher à peu près à pied sec, entre les maisons et la boue éternelle des ruisseaux. Pour la fête du Saint-Sacrement, le peuple courait au-devant de la procession paroissiale et se rangeait chapeau bas dans les rues où

elle allait passer ; il saluait avec un murmure
d'admiration les riches bannières des confré-
ries, les magnifiques vêtemens du clergé, et
s'agenouillait avec une dévote curiosité devant
l'ostensoir d'or tout rayonnant de pierreries.

Christine écouta ces acclamations lointaines
qui se mêlaient aux chants religieux, puis elle
vit la foule refluer dans les rues et bourdonner
empressée devant les boutiques et les marchands ambulans. Toutes ces joies du petit
peuple lui firent envie :

— Hélas ! pensa-t-elle, ils vont sans nul
souci, jouissant du beau temps, du soleil, de
la liberté !

Elle quitta la fenêtre et fit lentement le
tour de la chambre comme pour dire adieu à
tout ce qui l'environnait. Il y avait là tous les
souvenirs d'une vie naguère heureuse et paisible. Toutes ces choses qu'auparavant elle ne re-
marquait point, auxquelles elle ne songeait pas,
devinrent tout-à-coup précieuses aux yeux de
Christine ; elle y renonçait avec un horrible
serrement de cœur. Elle toucha encore une
fois tout ce qui lui avait appartenu et s'assit à

la place où elle travaillait jadis à côté de la
Carducha. Rien n'était changé dans cette petite salle où elles avaient si long-temps vécu
ensemble ; rien, mais l'une l'avait quittée pour
toujours, et l'autre s'en allait aussi dans un
lieu d'où l'on ne revenait pas non plus.

Cette dernière heure s'écoula avec une effrayante rapidité. Quand elle eut sonné, Christine se leva et mit sa mante ; puis, se jetant à
genoux au milieu de la salle, elle s'écria avec
des sanglots : Adieu, adieu, tous les souvenirs
de ma paisible enfance ! adieu tout ce qui me
restait de celle qui m'a tant aimée !... Je vais
m'ensevelir à côté de ma pauvre mère !... oh !
mon Dieu, acceptez mon sacrifice, comme
vous avez accepté le sien !...

Sa voix s'éteignit dans les larmes ; elle pleurait à en perdre connaissance.

— Hélas ! mademoiselle, quel malheur vous
est-il donc arrivé ? dit une voix derrière elle ;
et une main s'avança timidement pour la relever. Elle jeta un cri : c'était Denis Rabanel.

Il tenait la lettre de Christine ; son visage
était pâle, il avait les larmes aux yeux.

—C'est donc là votre vocation ? s'écria-t-il en regardant la jeune fille qui s'appuyait défaillante au dossier d'un fauteuil; si elle devait vous rendre heureuse je n'en murmurerais pas : car mon bonheur, je le compte pour rien quand il s'agit du vôtre; mais vous pleurez !

Christine, reprit-il plus doucement, dites-moi pourquoi vous ne voulez pas tenir votre promesse ? Je revenais le cœur si plein de joie et d'espoir !... Combien de fois, durant ce long voyage, j'avais songé au retour, à la fête du Saint-Sacrement, à notre rendez-vous !... Vous le voyez, je ne l'avais pas oublié ! Hélas ! un moment plus tard je ne vous aurais plus trouvée !... Mais, vous vous taisez : craignez-vous donc de me parler, à moi qui vous aime d'une affection si dévouée et si tendre ? N'avez-vous pas un seul mot pour le pauvre Denis Rabanel ? dites-lui du moins pourquoi vous ne voulez plus être sa femme.

— Parce que j'ai là un remords qui me tuera, répondit-elle d'une voix sourde, parce que je suis coupable envers vous, si ce n'est envers Dieu et envers moi-même.

Il secoua la tête et dit avec un triste sourire : Je ne puis vous croire; vous coupable!...
sans doute quelque frivole scrupule?...

Elle cacha son visage dans ses mains, et ne
répondit pas.

— Vous allez tout me dire, reprit gravement Denis Rabanel; mais d'avance je jure,
sur les saints évangiles et sur ma parole
d'honnête homme, de pardonner cette faute
dont vous vous accusez! Maintenant, Christine, je vous écoute.

Il voulait la faire asseoir près de lui.

— Souffrez que je parle à genoux, dit-elle
à voix basse, le front penché sur la main que
lui tendait Denis Rabanel; je ne veux me relever qu'après avoir tout dit!....

Alors elle lui confessa tout. Elle mit son
cœur à nu avec une inexorable sincérité, n
s'épargnant point le blâme et le reproche
dans toutes les circonstances de ce long récit.
Elle se trouvait bien coupable en ce moment,
et elle pleurait sur sa faute envers Denis Rabanel, avec la même contrition qu'une âme
pénitente eût pleuré ses offenses envers le Ciel.

— Vous savez tout maintenant, dit-elle en finissant; et vous le voyez, je ne suis plus digne d'être votre femme. Qu'importe que ma renommée soit restée sans tache devant les hommes, lorsque mon cœur a été souillé d'une honteuse et coupable passion!.... J'en ferai pénitence toute ma vie, et j'espère que Dieu me pardonnera, car j'ai un immense repentir de mon offense envers lui, envers vous.

Denis Rabanel l'avait écoutée sans l'interrompre. De temps en temps il essuyait la sueur qui se répandait sur son front pâle; ses lèvres tremblaient; on sentait bouillonner en lui une amère et poignante jalousie : mais lorsque Christine eut fini, il fixa sur elle un regard plein de compassion et de tendresse.

— Pauvre fille, dit-il, vous avez bien souffert! quelle faute ne serait pas expiée par de si profondes douleurs! Mais vous aviez donc pensé que je serais plus inexorable que Dieu même?.... Oh! non, non!.... comme lui je vous pardonne; et je répète du fond du cœur, maintenant que je sais tout : Christine, je ne

puis être heureux sans vous ; voulez-vous être
ma femme?....

Elle baissa la tête sur la main que lui tendait Denis Rabanel; un sentiment profond de
respect et de reconnaissance s'éleva dans son
cœur pour celui qui venait de l'absoudre si
généreusement. Elle comprit que ce moment
décidait du sort de toute sa vie, que tout son
avenir était dans sa réponse. Après un silence
elle dit, en levant sur Denis Rabanel un
regard indicible de confiance et d'espoir :
— Heureuse celle dont l'amour d'un honnête homme protége le bonheur ! Adieu,
maintenant..... Nous nous reverrons quand
j'aurai passé un mois avec ma mère, aux
Carmélites.....

. . . .

. . . .

. . . .

. . . .

. . *&* . . . .

Un mois plus tard sœur Saint-Jean-de-la-
Croix accompagna sa fille jusqu'au seuil de
cette porte que Christine allait passer pour

retourner au monde. Denis Rabanel et sa mère l'attendaient de l'autre côté de la grille.

La jeune fille s'agenouilla et baisa pour la dernière fois les mains qui serraient les siennes dans une étreinte qu'il lui semblait impossible de rompre.

— Adieu, mon enfant! dit enfin la Carmélite en retenant ses larmes ; songez à votre salut, remplissez vos devoirs, soyez heureuse..... Je vous remets aux mains d'un mari, d'une seconde mère ; aimez-les bien, qu'ils me remplacent près de vous.... La règle m'impose des devoirs dont je ne pourrais plus me dispenser, sous peine d'un grand châtiment; désormais nous ne nous reverrons qu'une fois chaque année....

— Oh ! ma mère, ma mère !... s'écria Christine baignée de larmes, il faut donc vous quitter !... Je ne vous verrai plus !... Hélas ! déjà la porte est ouverte !... Vous restez seule ici, séparée à jamais de votre unique enfant.... Oh ! quel sacrifice que le vôtre !... Qui vous en consolera, ma mère !

—Dieu !... Ma fille , nous nous retrouverons un jour dans son sein ! répondit la Carmélite en baissant son voile noir.

FIN.

TABLE.

—

FIN DE LA TABLE DU DEUXIÈME ET DERNIER VOLUME.